輝き続ける女性となるために

―心に花がひらくとき―

篠山孝子 著

みどり
カヤクサ 2012.5.20

輝き続ける女性となるために

―心に花がひらくとき―

序

宇都宮大学名誉教授　齋藤健次郎

女の絆

人として　女として　やるべきことがある
女として　生きた証（あかし）を
守ってきた　女の生き方を
伝えたい　話したい　語り尽したい

女の役目は　もの作りと守り
出産育児に　家事雑用
それらが　押し寄せてくる　圧力に
何時しか　無口な母親に　なりました

自分ひとりでは　何もできない
昔の女学生が　手を握り合い
相互に得意技を　持ち寄って
人生という旅行の　回顧《かいこ》もできました

「華ある女性」としての　誇りを持って
颯爽《さっそう》そして　溌剌《はつらつ》という　モードを作り
社会の　大きなルールと　なるように
それをみんなで　広げましょう

女の世界は　女の夢で作ります
生きる目当ては　平安主義
福沢諭吉の　教育目標も　平安主義
女の理想へ　さあ　あと一歩

もくじ

画・阿見みどり

プロローグ

自然にも四季の変化があるように、女性の一生も、大きくわけると、春（婚前期）、夏（結婚期）、秋（中年期）、冬（高年期）の四つの季節があると思います。なぜならその季節をたどることによって、女性のはたらきや、考え方は変わってゆくからです。

水墨画の世界でも、四君子といって、竹、梅、蘭、菊を代表的な植物に選んでいます。四君子とは、その植物のけだかさ（高貴さ）とか、優しさがあるからであり、春は蘭、夏は竹、秋は菊、冬は梅といった四季の代表でもあります。

これらの植物は、私達にこのように育ってもらいたいという教訓とお手本を示しているように思われます。

よく古来よりめでたい事で使われる松竹梅を、例にとってみてもわかるように、松のように風雪に耐え、年輪とともに強く、たくましい人間に育てよ、竹のようにすくすくと素直に育ち、堅節《けんせつ》で順応性のある正直な人になれよ。梅のように、忍耐力が強く、他に先んじて積極的に活動する成人、しかもどのように老化しても、その芳香を四方にただよわせ、この世に生き永らえよ、と言っているような気がしてなりません。

植物でも、それぞれの強い美しい個性をもっており、特徴があることがわかります。人生をどのように生きていくかは、その人の考え方一つでしょうが、私は、ふだんから人間のすばらしい生き方を、科学と芸術のふたつの角度から考えています。それは知識を正しく学びとって、自分の内部に美学を養い育てつゝ知性をみがき、感情を豊かにして心を清く生きることだと思うのです。人生の四季を、春は蘭、夏は竹、秋は菊、冬は梅のごとく生きることこそ、幸福への道程といえましょう。

そして、自分に与えられた生涯を大切に、つつましやかに、そして、自分を見失わないで、自己の本分を充分に発揮して生きることに努力すれば、なにかを得られると信じています。

昔から、日本人の美徳の一つに無口であることがあげられています。「よくわきまへたる道には必ず口重く、問はぬ限りは言はぬこそいみじけれ。」（徒然草七九段）という言葉は、それを示しています。

ところが、昭和三十年代の後半から経済が急速に発展し、女子の職場進出がふえ、都市的生活様式が全国的に広まってまいりました。このような社会変化に伴って、女性の意識や、役割も大きく変化してきたのです。これが現代社会といえるでしょう。

現代は自分で意欲さえ持てば、学習する機会はいくらでもあります。ラジオ、TV、読書、新聞、公民館活動、カルチャーセンターなどのほか、各種グループ、サークル活動など、自立的につくられた組織もあります。自分を高め、そして、まわりの人々を高め地域全体が向上するために、学習することが大切です。

人間の幸福には、自分一人だけの幸福というのはありえず、みんなが幸福になることこそ、自分自身の幸福にもつながるものです。ボランティア活動なども、自分を犠牲にして、他人のためにつくすという、狭い考え方ではなく、みんなが幸福になることが、自分を生かす道だという広い考え方で、是非参加したいものです。

私は、昭和五十二年度文部省派遣海外教育事情視察（茨城第82団）として、アメリカ合衆国視察の機会を得、気候、風土、民族、人種、言語、風俗、習慣の違った異国の中で、多くの貴重な見聞を広め、人間的なふれあいを通して、尊い体験をつむことができました。

そして、三十五年ぶりに学識ある立派な先生方と再会し、自己の歩み等、語らい尊い体験をすることができました。

また、いろいろな趣味を持ち生活している人達とも出逢い、さまざまな生きかたを学びました。どんなものにも前向きに、いろいろなものと触れあって、感性や知性を磨きものを深く見つめる目と心を培いたいものです。どんなに年を重ねても、何をするか悩まず、本当の自分に出逢えるよう挑戦し、出来ることは自分で人の迷惑にならないように一生涯楽しく健やかに送れるよう、自分の好きな趣味をさがしたいものです。人生はこれからが楽しいのです。楽しい生き方とは新しいことにチャレンジすることです。

どんなに年を重ねても、人間の脳は死ぬまで成長を続けるのですから、何事にも好奇心を持ち続けたいものです。

特に、創造的活動は年令とともに衰えるわけではないのですから今までの人生で得た知識を、広い視野から新しい挑戦を求め続けていきたいものです。

そして、いつでも夢と希望を持ち続け、同じ趣味をもつ仲間と手をとりあって、ともに生きればどんな境遇でも、誰でも、オーロラのように心が輝くのです。

心の宝はこわれません。そして、地球のすみずみまで照らしてくれるお日さまのように、少しでも他人の為に幸せを運ぶことが出来るような生きかたを学んでいきたいものです。

1

社会への出発

視野を広げる

菊は、霜がおりて百花すでに咲き終り、枯れ果てた後にも清香をただよわせ、香りと優姿を和光のように放ち人の心をなごませてくれます。

人間は、家の中にばかり閉じこもって生活していると、視野もおのずと狭くなりがちです。男女平等と女性の社会参加が勧められている今日、女性には、生活の多様性に応じた妻であり、母であり、一市民の地域団体の女性の役割があるはずです。

子育ての体験を生かし、自信と誇りをもち、嬉しさや楽しさをかみしめ、かなしさに耐え、やさしさなど身につけて、大きく飛躍することだと思います。その嬉しさや、楽しさの感激が大きければ大きい程、努力への意気込みは大きくなります。ですから感受性の強い人間になってほしいと思います。感受性の強い人程、意欲や実践力は高い筈です。

わが子、わが家庭のことは夢中になって守っても、一歩社会のこととなると、まるで他人ごととしか考えられない偏狭な生き方では進歩などありません。生き生きとしたエネルギー、豊かな知恵や判断力、温かな包容力が必要なのです。

一刻も早く視野をひろげてみましょう。必ず新しい発見があり、人生勉強することがたくさんあります。自らの未来を開く力は、いずこにあるのでもない、やはり自分自身の挑戦にあると思います。

いつも誠実に、自分らしく、生きていく姿勢の中に教養は培われ高められていくのです。そして、大いに外にも目を向け、研修してよき地域のリーダーとして活躍したいものです。将来子供が成長して、親に批判の眼を向けるようになった時、尊敬される何かを持ちたいものです。そして、郷土や、社会に役立つよう大きく羽ばたく人になりたいものです。

人との出会い

昨日まで未知であった人達と出会い、温かい心のふれあいや、建設的意見を交換できる事は、大変うれしいことです。

同じ心を持った仲間が多くの事を語り、知ることができることはなんと素晴らしいことでしょう。二人、三人とふえて、輪がひろがり、より人間らしい心の豊かさや楽しさを増すことは、本当にありがたいことです。

広く社会を知るためには、よい友達、信頼できる先輩をもつことだと思っています。一人も友達がいなくて、孤独な人は大変不幸で気のどくな人だと思います。

私は、若い時代によい友だちをつくって、一生涯、変わらない心の結び合いを持ちたいと考えています。なぜなら良き友を得ることは、どんな宝を得るよりも貴重だと思うからです。

特に、社会人になったら、友人はなくてはならないものです。現代は、共同意識というものが失われているように思います。ですから、なおさら、各々が人間同士の心の触れ合いを大切にしていくべきだと考えます。

友情が人々の間に持ちつづけられるならば、どれほど社会が生き生きとなることでしょう。

私の友だちの中には、ユーモアのある人、明朗な人、人柄のいい人、尊敬できる人、共通の趣味を持っている人など、たくさんいます。この人達は、喜びも、悲しみも共にできる人達です。このよき友達をいつも大切にして、過ごしていきたいと思っています。

美しさは、きびしい自己鍛錬の中に培われるものだと思います。何事も誠意を持って通せば、自分自身も満たされるし、他人にも喜ばれ、まわりを明るくもします。

料理を作るときでも、心をかけて作れば、味も色彩も形も上手に出来るものです。

また、お花を活けるときも、花を慈しみ、花の心がわかるように活ければ、誰が見ても美しく感じます。とにかく何事にも、愛がなければよいものは生まれてきません。愛は心をかける事であり、心をかけることは、ほねをおることだと私は思います。

社会に出ると、どこの場所にも、自分の心と合わぬ人が必ずいます。まともに対立すると、頭に血がのぼり、つまらない神経をわずらい、くよくよしてあたりちらすような行動が出て来てしまいます。そんな時こそ、『広い心を』と自分に言いきかせることが必要だと思います。

相手と対立をするようなことは、相手と一対一の関係で面と向かっていることです。これにとらわれていては、自分も「カッカ」とするだけです。相手と対立する人間関係だけでなく、もう一人の自分を、より距離をおいた、第三者の立場においたらいかがでしょう。血がのぼっている自分をもう一人の自分から見てみれば、きっとおかしくなるはずです。心を広くとは、このことだと思います。科学の面では、真実は一つしかありませんが、人間の社会では、真実は人の数だけあるとさえいわれています。自分とはちがった相手を、認められること、許せることが、広い心を持つことになります。

しかし、そうは言っても、ねたみの心や、しっと心というのは、どんな人間にも存在します。よく世間でいいますね、「他人の不幸には同情できても、他人の幸福を喜ぶことは困難だと。」つまり、無意識のうちに、自分よりも上か下かを考え人間は行動するのですね。だとすると、私達はふだんから、広く勉強し、充実した日々を送ることが必要だと思います。

私は、どんないやな時でも、歌の世界にはいり、歌と対決し、ふとわれにかえると、さきほどとはちがった自分になっていることに気づくことがあります。私は歌という世界を持つことができたために、前の自分よりも広い心を持てるようになりました。つまり、私にとって短歌が心のささえになっているのです。仕事でも趣味でも、自分が打ちこめるものをもつことが、広い心を持つための一つの条件かもしれません。

2

創造への出発

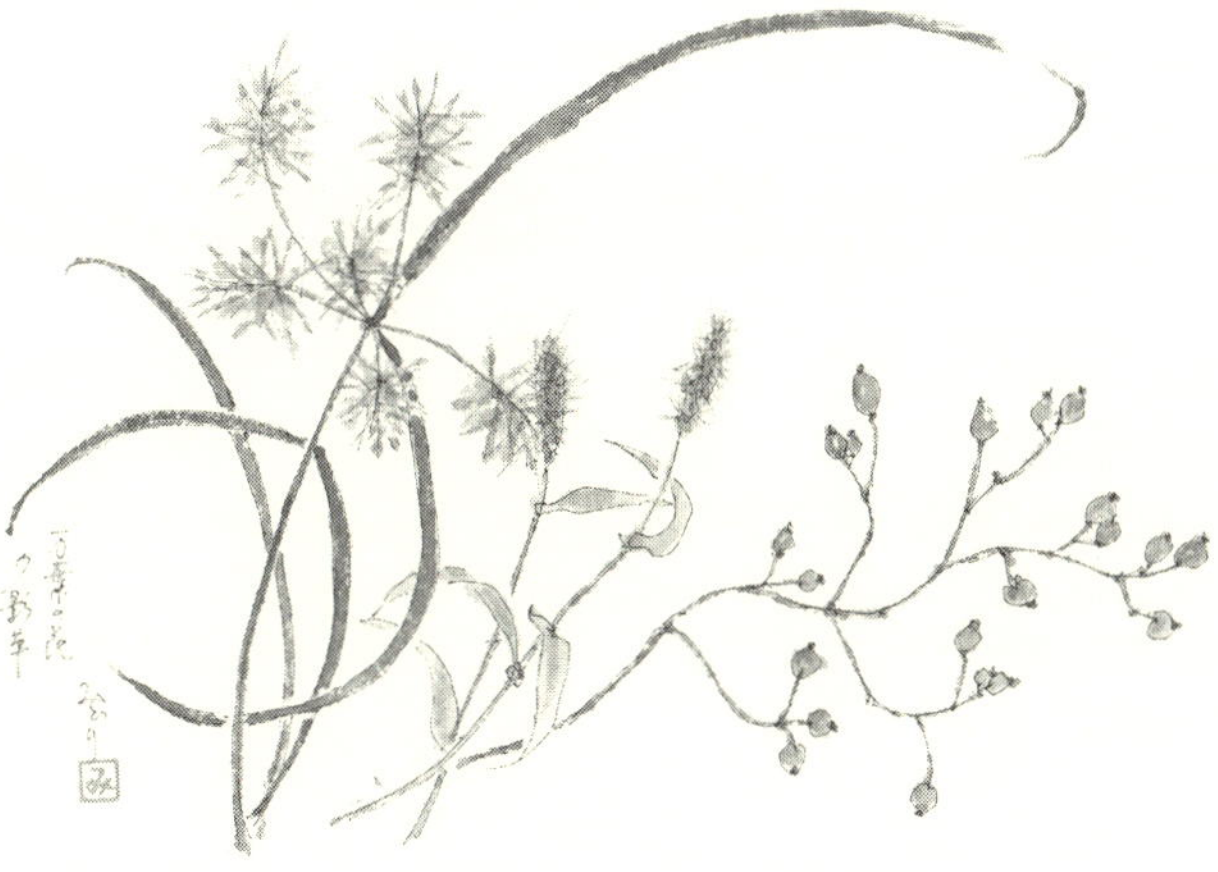

独り立ち

梅は強い寒さにもめげず蕾をふくらませ、他の植物にさきがけて花を開き、よい香りをただよわせ、忍耐と積極性がうかがえる花です。しかも「桜切る馬鹿、梅切らぬ馬鹿。」と言われるように、切られても花芽をつけ、朽ちかけた老木も花を咲くことを忘れません。やがて、実になり、人に食べられてまでも、その栄養となって働いているのです。

この梅の花のように、長い風雪に耐え、それでもまっ先にかぐわしい白い花をつける生き方こそ、希望の光であり私達が目ざす生き方でありましょう。

そこでは、「耐える」ということと、まっ先に〝花をつける〟ことの大切さをしみじみと教えているように思います。

今まで、女性は、なんにでも耐えてきました。その反動でしょうか、女性解放運動の高まりの中で耐えることをやめ、発言し、行動しようという女性も、だいぶ増えてきたようです。

確かに、現在の日本女性は、まだ、苦しい立場におかれている面が少なくありません。共稼ぎの主婦など、家にあってはどうしても、夫よりも、家事の負担はふえるでしょう。兼業農家の主婦などの仕事の量は、きわめて、きついものになっています。社会にあっても男性には、その人の能力に応じた仕事と役割が与えられるのに、女性は、意欲のある人もない人も、〝女の子〟という一まとめであつかわれることが多くあります。

ですから、このような不合理な面は、着実に、長期にわたって、（日本の女性の特色として、すぐ燃えるが、すぐ消える傾向があります。しかし女性の地位の向上という運動は、地味に長期にわたることが必要だと思います。）改善してゆかなければなりません。この困難な仕事をやりとげるのが、賢明な女性といえるでしょう。

どこにあっても、気を利かし、自分の責任を果たすだけでなく、あたたかい思いやりのもてる人生を送ること、つまり、相手の立場にたって、相手の気持ちを理解して、行動すること（他の人からみると、耐え忍んでいる姿といえるでしょう。）こそ、幸福への一里塚といえるものです。孤独と不安に耐え外の世界へ踏み出しましょう。

私の友人である椎名典弘先生（元茨城県立西山研修所所長）は、「老人の生き方は、自立と自律が大切で何をしてもらうかでなく、何ができるかが老人の高貴な魂で、学びに定年はありません。」と、言っています。私も、まったく同感です。この世で命果てるまで、女性は生涯学習を続け、広い視野をもち、枯野にまっ先に白い花をつけ、みんなをリードしてゆくことができるようになりたいものです。

希望とめざめ

人生にはかならず乗り越えなければならない苦難の道があるものです。それに対処するには、一つの方法として読書があります。読書は自分なりの思索をめぐらしつつ読めば、めざましい成果があります。

私は、茨城県の読書感想文の授賞式に出席した時、「流れる星は生きている」を綴った小説家の藤原てい先生より「読書について」という講演をききました。その話は、終戦の年、愛のため死をこえて、泥沼三千キロを三人の小さい子供を励ましながら、ひきずり歩んで来た生々しい体験談でした。先生は、しみじみと、若き日にたくさんの本を読んでいたお陰で、いろいろの知恵が与えられ、苦難を越えられたと述べられました。

良書は、自分自身の人生観、社会観を作るよきアドバイザーとなってくれます。

また、自己の人生を最高の価値あらしめるためには、最高の思想に生きることだと思います。この世に生まれてきた以上、なにかの使命があるのだという確信が持てているか、持てていないかで、その人の一生は決まるように思います。自分が何らかの意味で役立っているのだという感激、責任、使命感がなかったらだめだと思います。太陽でも、月でも、自然でも、だれかが自分を見守っていてくれると信じて、歩みたいものです。

特に現在のような情報過多の時代においては、我々の生活の中にいろいろ真新しい事が入ってきます。コツコツと自ら学び、自ら現代社会について行くよう努力しなければおくれてしまいます。ですから、年をとればとるほど、何らかの学習会、サークル等に参加して少しずつ前進し、より豊かな人間性を作りたいものです。できれば交歓会とか、ボランティア活動等にも参加して、生命ある限り、自分自身を育てのばして、なにかの役に立ちながら生きていきたいものです。

感謝の心

白い花が一面に咲く蕎麦畑に、清らかな月の光が満ち溢れている。蕎麦の白い花と月の光が、しんみりと溶けあって、優しく、おだやかな夜の風景をかもし出している。

静かに、花鳥風月を観察して見ると、みなそれぞれの個性を持って、美しさを表現している事がよくわかります。人間のように口には表わさないが、自然のままで力いっぱい生きている事がわかります。

また、播かず刈らない鳥でさえ、自然は養っている。不思議さ、神秘さに心うたれるものがあります。

特に、四季折々の天地万物の微妙な変化のからくりに、何故か、目には見えない偉大な力を感じ、思わず、讃美や感謝の心が口からほとばしりでてしまうことがあります。

みな、それぞれがせいいっぱい生きている。他人が見ていようといまいと、自分を充分発揮しているということがわかります。しかも、もっと深く考えてみると、一本の花でさえ、水と空気と、太陽のめぐみを受けていることがわかります。つまり、花は、その生を全うして生きると同時に、ゆたかな恵みによって生かされているともいえるでしょう。

　私達女性にも、同じことがいえるのではないでしょうか。女性が誇りを持って努力し自分を最高に生かしているとき、女性は最高に美しい。そして、その自分をささえている恵みは、どんなに尊いことか。自分をささえてくれる人、自然、そういうものへの感謝の心を、ずっと、持ち続けたいものです。

3

趣味への出発

私のそばの、輝いている女性たちに
その実態をたずねてみました。

粘土陶芸・着物の着付け

岡本　祥子

下妻市公民館の粘土陶芸に入会した。白い石粘土をこねて形をつくり、乾かしてから絵の具で染める、そしてまた乾かしてニスをぬる。最初一色で染めてみると淡い感じなので、次に三色をミックスして染めてみた。すると深みのある色彩になり意欲が出てきた。ブローチ、ティッシュ入れ、絵皿、花かごなど創作する。見て触れて楽しみを見出し、また、知的向上心もめばえ、色、香りのインテリアで部屋中飾り物でいっぱいになってしまった。

また、美的向上心も生まれ、古河市の先生より粘土の人形づくりを学ぶ。若い頃の淡い想い出が甦り、少女が花かごを自転車につけて乗る姿や、少年がピアノを弾いている姿、また少女がドレス姿で花園を散歩している姿など、無限の想像力と無限の感性が溢れ、七十才になっても、夢や理想を追って発見する喜びと共に集中力を鍛え、自分の感性を出し切っていきたいと思っている。

人形の服装も着る言葉であるから、持ち味雰囲気がパーッとあかるくなるよう、対象との一体化が大事であることを知った。創作しながらお洒落心がしぜんとめばえ、自律神経のパワーを上げ若さを与えてくれる。そして、その作品が人々の目を楽しませお祝いなどに利用、生かされみなさんに感謝され一石二鳥である。

人形をつくりながら、ふと四十代で亡くなった母の美しい着物姿が走馬燈のように浮かび、涙が溢れてくる。

三つ子の祝いや、七五三の祝い、兄の結婚祝いに明るい笑顔で、やさしい言葉で着付けしてくれた数々の想い出がよみがえり、私も母のように着付けの出来る人になりたいと思った。そして、一生懸命着付けの勉強をして免許を修得した。

身内の、成人式、結婚式、葬式など着物を着る人が多くなったにもかかわらず、今は一人で着物を着ることが出来ない人が多い。

私は、もう亡き母にはなにも恩返しが出来ないけれど、その代り、友人、知人、近所の人達に少しでもお手伝いをしてさしあげたいと思い実行してみなさんに感謝されている。多くの温かい友人・知人に囲まれ、優しい夫にも恵まれ毎日感謝しながら生きている。

押花に魅せられて

須藤　ふみ子

私は、絵に対しては人一倍好奇心はあるものの、自分の腕に関しては全く自信はありませんでした。しかし押花のインストラクターである日向野先生の数々の素晴らしい作品に魅せられて押花教室に入会しました。

やさしい基本からご指導いたゞき、私は、一途に我が庭に咲く花を集め、作品づくりをしました。

ある日の夕方、近所の道を歩いていると、生垣に烏瓜の花と蕾が沢山付いているのが目につきました。黄昏が近づき、やがて日が落ちようとしている頃、好奇心にかられてその場所に行って見るとレース編みのような花が、開き始めようとしておりました。

しかし開いた花を持ち帰り家に付く頃には、形が乱れてしまうと考え、暫しその場に佇んで考えたあげく、蕾を取って行き水を入れた器に付けておけば、夜になるとあのレースの様な美しい花が咲くだろうと考え、早速実行に移しました。すると、案の定、夜になると蕾が開き美しい花と化しました。その時の感動は忘れ得ぬ一瞬でした。早速、和紙に押花を重ね、葉や蔓や実等も程々に重ね、四、五日、本を重しにして乾燥させました。

そして、和紙に絵を描くように、そっと置きかえながら、質素な静かな趣のある作品が完成しました。この作品は、私の好みの一品となりました。

その後、日向野先生がお辞めになり、渡辺先生に教えていたゞくことになりました。

ある日、金融機関を定年退職した長男が大勢の方から向日葵の花を沢山戴きました。その花を粗末にしては勿体ないと思い、ふと、ゴッホの向日葵の絵を思い出しました。あの部厚い雄蕊《おしべ》、雌蕊《めしべ》の処理をどうするか悩みました。そして、先生にご相談し、また、お友だちの知恵をお借りして、芯のみを何度か和紙を替えつゝ湿気をとり、花の本態も丁寧に押し、二週間位して完成し、大きな額に収めました。その作品は、花しらべ作品展にも出展させて戴きました。苦労しただけあって、自分の作品としては、満足のいく作品となりました。最近、友人にも押花の作品を所望さし上げました。自分の事のみならず、皆さんに喜んでいたゞき幸せだなと思っています。

まもなく、米寿を迎えますが、今までの数多くの作品を取り出しその作品の過程等、思い出しながら自然の色と形の美しさを楽しんでいます。

自然観察会・市の女性団体に加入して

栗野　三重子

仕事を辞めた年の四月から友人の推めもあり、すぐ入会した。自然観察会、四季折々の豊かな大自然のいぶきを体験し、新たな生命力が湧き上がるような感じがする。

あれから、十五年その道の学者や指導者の講習会、絶滅種となったコシガヤホシクサを、砂沼へ復帰させる保全活動にも参加し、ネイチャーセンターでの展示会等、いつのまにか仲間の輪が広がり、みんなで大自然の恩恵に浴し、それを守り伝えて行く活動をしている。

また、市の女性団体にも加入させていたゞき、自分達の住む町を活力ある豊かな住みよい町づくりに寄与する事を目的に、各種団体が一体となり、それぞれの立場で講習会や、研修会を開き出来ることから実践しようと言う事で、皆熱心にとりくんでいる。

年一回は、問題になった課題をとり上げ、実体験から今後の展望を含めた講演会を開催し、多くの皆様の共感を得ている。

私達の団体もその前座として寸劇に挑戦することになった。その年の社会問題となっているテーマを三つにしぼり、それぞれのグループ毎に内容を研究しながら講習会に臨んだ。
一、オレオレ詐欺に注意を
二、地球温暖化と環境問題
三、少子化と高齢化と社会状況について
私達グループは二番目の地球温暖化について話し合い、一つ一つ身近な所から実行して行こうと言う結論になり、どうしたらこの地球の危機を守れるか、みんなで考え、守っていこうと話し合い、
たとえば家庭でできる事は
一、電気を必要以上つけない（こまめに消す）
二、窓辺や壁に植物をはわせて建物の内部の温度を下げる
（ゴーヤ、キュウリ、カボチャ等緑のカーテン作り）
三、換気をよくし、よしず等で直射日光をさける
四、なるべく旬のものを買う

五、買い物はエコバッグを持って余るほど買わない
六、生ゴミをあまり出さないよう残さず食べる
七、冷蔵庫の開閉は素早くする
八、燃えないゴミと、燃えるゴミ、又リサイクル出来るものと、出来ないものとの分別
九、水道で油類を流さない
十、生ゴミは、ミミズに食べさせることで、よい土をつくる事が出来るから、コンポストを置いておく事がいい。

等々、一つ一つ変えてゆく事でみんなで力を合わせれば社会全体に大きな輪が広がり、地球を救う事が出来るでしょう。すべての生き物がすみやすい地球を残すために、みんなで頑張りましょう、と会場の皆様に呼びかけ、下妻文化会館にて行政、各団体、一般市民の皆様方にも賛同していただき、今後もこの活動を広げていこうと思っている。

JA女性部ヨガ教室

塚田　ユキ

心も体もほぐれるヨガを始めるきっかけは、年老いてもいつまでも健康維持と若々しさを保っていきたいと考えたからです。

まず最初に足からはじめる。

1、アキレスけんのばし

⑴アキレスけんのばしの姿勢をとる

⑵アキレスけんのばし十回

2、足のゆびの運動

○ゆびを横、上下、交ささせる十回

3、足首の運動

(1)順逆どちらも三十回
(2)足首固定し、足先き順逆三十回
4、ゆびのあいだのこりをとる
5、雑きんしぼり、順逆三回
6、足うら指圧六回
7、足うらたたき、三十回
8、ゆび内側、外側にまげる
9、すねの運動
(1)ふくらはぎをかるくたたく
(2)ふくらはぎをもむ
(3)すねの部分を上から下にながす
10、ひざの運動
(1)おさらを前後、内外、十回
(2)ひざを手のひらでおさえてまわす順逆十回
11、大たい部、おしりの運動

○大たい部の内側、うえとわきとおしりをたたく
12、こかん節まわし運動
(1)左、右から順逆十回
(2)十回まわしたら足先きを顔にちかづけ、大たい部のうしろをたたく。
13、こかん節の運動
○足うらをあわせ、ひざをゆかにつける十回
14、上半身をまげる運動
○つまさきを両手でもち上半身をまげる十回
15、足をひろげ、左右にまげる運動
○左右の足に上半身をまげる十回
16、わきにまげる運動
○まげるがわの腕を前に出してまげる十回
17、足をひろげ、上半身を前にまげる運動
○背すじをのばしてやる十回
18、足のひらきをよくする運動

○左手前、右手うしろと右手前、左手うしろで十回

19、両腕に上半身の重心をかけ腰を上げる運動

○五回

20、足を前後ひろげる運動

○左、右の足を一～十回かぞえる間ひろげていく

手と腕

(1)左右のゆびをひっぱる

(2)手の指をくんで手首をまげ、まわす

(3)左右の指をくみ、手をかえして頭上にあげ、体を左右にまげる十回

(4)手の指を逆にそらせる

(5)腕の屈伸、手のゆびさき前、内、外、ひざにむけ、腕をまげる五回

(6)おしりをかかとにつける五回

(7)手のこうをつけておしりをかかとにつける

(8)手のゆびを大たい部にたて手のひらを大たい部につける五回

(9)からだの前面で合掌

⑽からだのうしろで合掌
⑾左ゆびと右ゆびをからだの後ろでつなげる五回
⑿左手のひらと右手のひらをあわせせまげのばし五回
⒀うでまわし、右腕、左腕、両腕十回
⒁首の運動、前後左右にまげ、左右にねじり、まわす十回
⒂顔のマッサージ
⑴両手のひらでこする
⑵ひたい、うわまぶた、下まぶた、はなすじ、うわあご、下あご、上はぐき、下はぐき、ほほぼね、あご、みみ
⑶太陽のツボ（まゆ尻と目尻の中央からやや後ろ）を親ゆびのさきで10回まわす
⑷目をとじゆびのはらで三回かるくおさえる
⑸頭全体をこぶしでかるくたたく（五分休む）
⒃両手で耳を持って上にひっぱる。下の耳たぶを下に引っぱる。耳のわきを横にひっぱる
⒄人指し指を耳の穴に入れて六回まわしてぱっと離す、六回やる

⒅浄化体操
⒆腕立て伏せ三十回
⒇両手をひろげて、片足を曲げて片手を出して、片方の手右方に倒す

以上のことを継続することで体がスリムで柔軟になり、健康を保つ事が出来る。そして足腰の筋力アップに効果抜群である。

友人達に、もう七十才にもなるのに、しわ一つなく肌がつやつやとしてきれいでうらやましいわ、ヨガをやっているから血流がいいのねと言われる。

それは、たしかに運動のお陰だと思っている。ゆっくり深い呼吸で副交感神経の働きを高め、自律神経のバランスを整えることが大事。

また、よい眠りと入浴法でストレスもなくしている。

現在は、指導者が高齢のためやめられたので、指導に立って継続している。

料理、短歌、フラダンスに参加して

横島　幸子

農家団体とおつきあいを始めて三十五年以上、また、下妻食と農を考える女性の会を結んで地産地消の活動、製造業とめぐり合って早くも十五年の年月が流れました。

二つの会の会長を務めて、お勤めしていた時と違った雰囲気の中で、毎日が生き甲斐のある生活を楽しんでいます。お金とはあまり縁はありませんが、別な意味でのプラス面があり、人生は物品だけではないとつくづく思う今日この頃です。

人と接するという事は十人十色で新しい出逢いがある度に何かしら勉強になり、今度はどんな話を聞かせていただけるか楽しみです。私からも情報発信は致しますが、豊かな人達とのふれあいはとても楽しく気持ちがいいです。

総合芸術であるいろいろな料理講習をし、作る楽しさ食べる喜びを多くの人達と学んでいます。

また、短歌教室では人生経験豊かな先生より、景色を文章に書き表す叙景の短歌や、自分の感情を述べ表す叙情の短歌など、たくさんとりあげて説明して下さり、講義を聞いているだけでも心が豊かになってきます。そして、ストレス解消も出来、幸せだと思っています。

フラダンスは今年で八年目になりますが、運動不足解消と地元の友人との親睦を兼ねて練習をしています。格式高い先生の指導をいただきながら、素敵なドレスを着て踊っていると、心が若がえり青春時代にもどったような気持ちになります。

今後も、様々な人達とのふれあいを大切にして、人生を楽しく、ほがらかに、過ごしていきたいと思います。

書道クラブのボランティア活動

吉原　みつい

老人介護施設「よしの荘」は、私の自宅から歩いて二分位のところに開設されました。そこで私は毎月三回お習字クラブの指導者として、ボランティア活動を行っております。

　クラブ員は常に二十名前後で、入所されている方やデイサービスに参加している方の中でお習字の大好きな方々の集まりです。年齢は七十五歳から九十七歳位までで、身体が不自由で車椅子の方、手足がしびれている方などいらっしゃいますが、みんな明るく、実に楽しい雰囲気で行っております。

　クラブの時間はわずか一時間ですが、ひとり一人の人柄や作品のよいところをみんなで褒め合い「書く楽しさ」を味わうことを狙いとしております。一時間のクラブの時間が終わると、その後におやつを頂きながら約一時間おしゃべりをして、お互いの心のふれあいを深めながら楽しいひとときを過ごしております。

一、花まる大好き

クラブの時間は、私の手本を見て半紙に五枚ずつ書きます。そして一枚は清書、四枚は家族へのおみやげとして持ち帰ります。書き上げた作品は「筆使い」始め、「文字の大きさ」「文字の形」などお互いによいところを見つけては、褒め合っておりま す。

私は、そのよいところを取り上げては「花まる」をあげます。すると手を叩いて喜ぶ人を始め、

「この年になって花まるをもらえるなんて夢にも思わなかったよ。」

「いくつになっても花まるは嬉しいものですね。」

「嬉しくて嬉しくて涙が出てしまいますよ。」と、涙を抑える人などいろいろです。

またひとり静かに花まるの数を数える人もいます。

このように喜び方はいろいろですが、子供のように花まるの大好きな皆さんです。

二、作品の印はさつまいも判

色紙展、作品展に備えて、時々色紙にも書く練習をします。色紙には皆さん半紙よ

りも慎重に書きますので、作品もやや満足に近い文字が表現できます。

特に色紙には、文字、年齢、名前、そして名前の下に印を押して仕上げますが、その印はさつまいも判で押します。

書道クラブの指導者として依頼され、気軽にお引き受け致しましたが、あっという間に十五年目を迎えてしまいました。

十五年の間には、多くの皆さんとのお別れも経験し、悲しい思いも致しました。しかし約七十名の方々と触れあい「親子」「姉妹」のような人間関係も深まり、楽しい十五年間を過ごすことができました。

今にして思えば、本当に幸せであったと心から感謝致しております。

今よしの荘の玄関南側には、十周年記念として観音さまのような石のモニュメントが建てられております。その足元には「慈心　みつい書」と大きく石に刻み込み、高齢化社会に向けて「人を慈しみお互いに助け合おう」と呼びかけ、石の観音さまの祈りを頂いております。

また、慈心の文字の両側には、よしの荘建設に当たり寄付のご協力頂いた方々約四百名のお名前が刻み込んであります。

よしの荘には現在入所者九十五名、デイサービス毎日四十名がお世話になっております。

そして皆さん職員の手厚い介護を受けて幸せな日々を送っておられます。

私も少しでもお手伝いができたらと思い、書道クラブ始め、よしの荘友の会の活動に励んでいる今日この頃です。

和裁・洋裁・編物

星野　清子

子育てが終わり中年になると、今まで我慢していたたくさんのやりたい事が思い出される。和裁、洋裁、編物、料理、水泳など、頭にうかんでくる。

人生は時間の連続だけれど、自分のやりたいことをとり入れて、体を動かしていると、なぜか前向きになれる。

夜も昼も余暇を利用し、自分の着物を現代風につくりかえたり、また、色や柄の組み合わせを考え洋服にデザインする。

作る楽しさ、そして、完成した時の充実感は最高に幸せを感じる。そして、デザインした着物、洋服をさりげなく着て、買い物に行ったり、電車に乗っていった時など、まわりの人達に、

「すてきなデザインですね。柄合わせも斬新ね。」など、ほめられると、いくら年をとってもうれしいものである。

昨年、母の紬の着物で作った標準服や、単衣の着物で作ったパジャマ、毛糸の帽子、執筆する時に肩と腕が温かいマーガレット、ひざかけ等、従姉妹の孝子さんに贈ったら、「よく、いろいろ覚えて作ったわね、昔、伯母さんが、父や母にセーター、チョッキ、毛布まで太いあたたかい毛糸で編んで贈ってくれたことを思い出し、骨が折れただろうに…と思わず涙が溢れてしまったわ…親の背を見て子は育つと言うけれど本当ね。」と、感激して、野菜や、果物等たくさん贈っていただいた。

母が手先を動かし、夜も昼も毛糸の色合わせをしながら、熱心に「あげる人の喜ぶ顔が見たいから…」と、九十才まで綿入れはんてん、セーター、チョッキ、靴下、手袋などつくり、規則正しく生活していたように私も母をお手本として、日常生活をすごして行きたい。

そして、素敵な人間関係を広げ、毎日楽しく、いつも笑顔で、悔いのないように過ごしていきたい。

今年は、何を手がけようか？どんなものをつくろうか？そんな希望や意欲が湧いてくる。いろいろな本とも触れて勉強し、感性や知性を磨き、どんなものにも深く見つめる目と心を培っていきたい。

ママさんバレーボールに参加して

関　光子

私がバレーボールを始めたのは、三十三才のときでした。風邪で微熱が続き、すっきりしない日々を送り…運動不足である事に、気づきました。

中学生の時バレーボールをしていたので、地元のママさんバーボールのチームに、入部しました。

二十三才で結婚し、三人の子供を持つ母ですが、十年間一途に、子育て、家事仕事と頑張ってきました。週に一回、夜八時~十時迄の二時間を、バレーボールの時間に決めました。

練習は、母校である小学校の体育館です。まるで学生時代に戻ったかのように汗をかき、とても満足しました。

毎週毎週続けているうちに、体調もよくなり、生活にも張りが出てきました。そして、年に何回かの大会にも出場したりして、ママさん仲間とも、良いコミュニケーションがとれました。

スポーツをしている時は、家事、子供のこと、仕事など頭から離れて、自分自身がリフレッシュされていました。

今年で六十才になりますが、今はビーチボールバレーに変わり、今でも続けています。

体を動かして、汗を流すことは、身も心もすっきりし、明日への希望にも続きます。

私はスポーツが大好きで、四十代には、各地域のマラソン大会に出場したりしてきました。これからもできる限り続けたいと思います。

地球環境と生活環境に目を向けよう

土岐田　輝子

私は過去に、茨城県が主催した地球環境問題をテーマとした講座に参加して学びました。講師は国立環境研究所の専門研究員による講義でした。そして、はじめて地球環境の変化に気づく事が出来ました。

私は、講座に参加して学んだ事がきっかけとなり、農薬による環境汚染を世界に警告した、生物学者・ジャーナリストのアメリカ人女性、レーチェル・カーソンの著書、「沈黙の春」に出合う事が出来ました。この図書は、すでに五〇年前に出版された名著です。

農薬の殺虫剤の乱用による自然崩壊を暴く一方で、放射能にも関心を示し、一九六二年、冷戦化の核実験による死の灰の降下のみならず、平和利用の核廃棄による海洋汚染や、原発事故に警鐘をならしました。戦後の食料事情の貧しい時代に農薬ＤＤＴを生産していましたが、やがてDDTの使用は自然界に取り返しのつかない影響をもたらしました。

人類が作り出した、化学物質と農薬は十万種類と言われています。こうした汚染物質は、世界中の海に広がっており、また川や湖にまで及んでしまっているのです。

そして特に、汚染物質は北極や南極に、毒性の強い汚染物質が溜りやすくなっている事を、すでに二十年前に、愛媛大学教授を中心とする研究チームが、三十年間世界各国の海洋を巡り、海洋生物の生態そして化学物質や農薬汚染の実態調査研究により証明されている事を、私は過去に切り抜いて収集しておいた、新聞記事を偶然見つけ、再読する事が出来ました。

そして、現在でも海洋に住む、クジラ、オットセイ、イルカ、その他の生物も、海洋汚染により死んでいるのです。

地上に住む私達の日常生活にも、毒性の強い環境ホルモンと言われる化学物質のダイオキシン、そして化学公害物質のPCB、その他にも沢山の有害物質が絶えず空中に浮遊しています。

特に、外出をする場合には、必ず帽子をかぶる習慣が必要とされています。帽子をかぶらないで外出すると、浮遊する有害物質が、髪に入り皮膚がんの原因になるからです。また、皮膚がんの原因の多くを占める長時間日光を浴びることも、避けたいものです。

日常生活では、野菜や果物の摂取は体に良い食物とされています。過去に読んだ「暮らしのなかの農業汚染」の本の表紙の裏側には、個別の耕地面積あたりの農薬使用量が二十七ヶ国分が掲載されてあり、その中で日本は一位の農薬使用量でした。

この本の最後のページには、レーチェル・カーソンの文章が書かれてありました。

「私たちも、安易な使用の裏にある農薬類の危険性を認識し、みずからの生活のあり方を変える事も視野に入れた、脱農薬の道を切り開いていきましょう。」

童謡教室・ボランティア活動

塚本　幸子

私は、平成二年三月真壁町立樺穂小学校教頭として退職しました。退職後は音楽活動を通して地域に恩返しをしたいという願いを抱えていたところ、町の公民館が生涯学習の一端として音楽教室開講の段どりを組んで下さいました。

そして、コーラス教室の練習日を第二、第四日曜日の夜七時から九時までとしました。

コーラスを指導する目的は、楽しい仲間づくりと丈夫なからだつくりです。

腹式呼吸法を身につける発声法と音程感を習得するために、正しい姿勢を保つ訓練に努力しています。「アオウ・アエイ」母音の発音・発声です。音符は読めなくとも歌は楽しめます。仲良く歌っていきましょう!!を合言葉に前進しています。

平成六年三月三十一日水海道市立五箇小学校を校長として定年退職され、下妻市の社会教育主事として勤務されている篠山孝子先生から、市内の騰波ノ江市民センターの童謡教室の講師になって欲しいとの依頼があり、快く受けることになりました。

皆さん、明るく熱心で生き生きとして音声もすばらしい。最初うたう前に、童謡の作詞作曲者の説明をし、次に歌の内容を細かく説明すると、みなさん、「幼い頃、歌の内容も余り理解しないまま唄っていたけれど、大人になって内容を知ると、しみじみと日本の四季の美しさがよく表現されている事がわかります。」と言う。

「もみじ・浜辺の歌・荒城の月」など、心からほとばしる歌声は、驚くばかり張りとつやのある響きでした。

平成十六年以降は、はなみずきというグループを結成し、下妻市働く婦人の家を会場に自主活動をつづけました。翌年東電主催によるボニージャックスと唄おうという呼びかけにも進んで参加しました。

輝く照明のなかで舞台に立った私達は、ボニーの柔らかく動く指揮に合わせて精いっぱい歌いました。ボニーと唄う響きは、荘厳で美しく、歌は大成功の出来ばえであったと思います。

演奏終了後には、観客の指定席でゆったりとボニーの唄を鑑賞してなつかしい思い出にひたり、おとぎの国で過ごした様な気分でした。

年令の高い人達ではありますが、白いブラウスに、ハナミズキのブローチをつけ、黒のロングスカートという姿は、女子大生のようでありました。

それから、私は、真壁町の案内ボランティア会長を依頼され、ひな祭りの案内も行なっています。

真壁のひな祭りは、二月四日から三月三日までの一ヶ月間です。訪れる観光客は十万人を超え、今年は十年目に当ります。

昨年九月二十七日（火）、第三十三回サントリー地域文化賞「真壁の伝統ともてなしのまちづくり」を受賞しました。

真壁の住民は、ひな祭りの期間中は心のお土産とおもてなし接待に誠意をつくしております。ＮＨＫにも放映されました。

また、朝日テレビ「ちい散歩」の撮影案内の依頼を受けました。ディレクター山内氏と下見のお伴をさせていただきました。

町の会館や公園、古い神社、佛閣、街かどや小径《こみち》を好み、山内氏は四日間真壁に通い下調査を行ないました。

平成二十二年二月二日「ちい散歩」にちいさんと私の並んで歩く姿が、偶然テレビに放映され、忘れられないよい思い出となりました。

輝き続ける女性となるために

人生の老いとどう向き合うか、その人それぞれ考えは違うと思いますが、私は生涯青春だと思っています。

六十才になって退職し、もうやる事がすべて終ったと考え目的と理想を失うとき、女性は老いて行きます。人間の生は一瞬〳〵の積み重ねであって、今、目の前のことに情熱を燃やし実行することだと思います。幸せって身近にあるものです。老いを彩る人達と出会い、語らい、心の問題を解決しいつでも心に夢をもって歩むことだと考えています。誰にでも自分だけの命の輝きがあるのですから、自分色で美しく輝きたいものです。

どんなに年を重ねても、人に寄りかからず、できることは自分で考える習慣、正確にとらえる習慣、観察する習慣、読書する習慣、健康を保つ習慣など身につけ、命の灯が消えていくまで、自分の運命を美しくデザインしつつ、心も体も豊かに生きることだと思います。竹のように成長の過程に節をつけていきましょう。

そして、一日に少しの時間でもいいから、自然にふれて心の雑音を消し、新鮮なすばらしいものをつむぎ出していきたいものです。

そして、いつまでも若い心でどんなことにも興味を持って挑戦してみましょう。自分の人生はすべて自分が選び取るのだと思います。常に、夢を追いかけて、一日一日を大事に生きていけば、心に花がひらき輝いていられるのだと思います。

よく輝いている人を「華のある人」といいますね、その人がそばにいるだけで明るく豊かになります。そして輝いている姿は、人の心に幸せと喜びを与えてくれます。

この世にはすばらしい人が沢山います。その人達と手をたずさえいろいろな趣味を持ちながら努力し、感性を豊かにして心を磨いていけば、人間関係がよくなり、充実した人生を手に入れることができます。女性の持っている才覚、技量、底力を発揮していきましょう。心に積みあげた宝は永遠に消えません。

4

私のきた道

アメリカの旅

澄んだ秋空に、赤、白、ピンクのコスモスが映えて美しい。今日は、昭和五十二年度、文部省派遣海外教育事情視察（茨城第82団）として同行した先生方（女性四人）とお逢いする日である。

長い間、心に懸けてはいても、お逢いするまでにはゆかず、いつの間にか三十五年間、それぞれに年を重ねてしまった。「この度、急きょ集ってお話がしたい、篠山先生の出版祝いもかねて、それには一泊で」と、いう話が持ち上がり、水戸市のホテルレイクビューで楽しい集いを持つことになった。お互いにお土産を交換し、水戸市在住の藤田秀子先生が心温まる美しいおいしい菓子や果物を用意して下さり、三人の先生方より出版祝いをいただく。心温まる言葉に心が熱くなる。夕食後、それぞれ海外のアルバム持参で頁をめくる。私は思わず、「サンフランシスコは、坂の多い道路をケーブルカーが走り、美しい景観と詩情をたたえていたわね、フィッシャーマン＝ワーフでのカニ料理もおいしかったわね。失敗したのは、便利な鉄のカニ料理の道具をお土産に最初に買ってしまったことよ。」と言うと、藤田秀子先生も、「私も買ってしまったのよ、重くてあれは失敗だったわね。」としみじみ後悔している。

するとと、小幡春江先生がアルバムをめくりながら、「パブリックスクールは、マンハッタンにある小学校だったけど、学校の授業風景は、一斉授業、グループ授業、個別授業に別れリラックスした授業だったわね。」と語る。仲澤長子先生も「教材など教師のアイデアが用いられ、特に子供達が明るくて親しみがもてたよね。」と回想する。

「とにかく形式にとらわれずに、何が子供達の幸せにつながるのかをよく考え、教育には市当局も、社会も、精神面でも、経済面でも協力をおしまないことを強く感じたわね。」と、藤田秀子先生もしみじみと言う。仲澤長子先生も遠い昔を思い出しながら、「サンフランシスコから北部のヨセミテ公園もよかったわね。東京の二倍の広さで詩人のジョン・ミラーが、自然を守るように指示したと言われ、ホテルも四軒しかなかったわね。」と言う。

たしかに今でも野生のタヌキ、シカ等がいて、たくさんの松、杉、セコイヤの木が樹齢何百年もの姿で歴史を物語っている。「チチチチ」と鳴く、ブルーバードに目や耳を傾け、

私達は自然の贈り物の満喫ができた。すると、藤田先生が、

「篠山先生が名前をつけてくれたマイアミ会は、各地区（水戸、県北、鹿行、県南、県西）ごとに二回ずつ、十回会合を持ったけど…友人達が亡くなるといつのまにか会合がとだえてしまったわね。」と、淋しそうに語る。

「男の先生方、なにをしていらっしゃるのかしらね。」

「多分、趣味を生かして、ゴルフ、クルーズの旅等していると思うけど…」と、皆、昔を思い出しているようだった。

私は、ふとＮＨＫに放映されたテレビを思い出し、

「高倉知義先生覚えている？ 水戸市立緑岡中学校長で退職した方だけど…」

「覚えているわ…。」と、全員知っていた。

「二〇一〇年の二月、ＮＨＫ、ドキメンタリー、旧友再会で、ジャーナリスト立花隆氏と俳優の梅宮辰夫氏と高倉先生が放映されたのよ。二人とも中学時代の教え子だったらしいの…私、思わずなつかしく思い先生に電話すると、二人とも教え子で体育も秀れていたそうよ、特に立花さんは体育の時間は、いつも一番先に来て準備をし、さらに学校の図書館の本は、ほとんど読破し、文武両道ですばらしかったと言っていたわ。」

「そうだったの、秀れている人は、なんでも出来るのよね。」

「文科系は、運動等苦手だと思っていたけど…」

「私も、立花隆氏が文武両道だと聴いて驚いてしまったわ。第九五代野田佳彦総理大臣が、テレビ出演で、政治家でなかったら、何になりたかったですか?と問われ、ジャーナリストになりたかった。立花隆さんのような評論家になりたかったと、言っていたわよ。」

「そう、高倉先生すばらしい教え子を受け持ったのね。今、何をしていらっしゃるのかしら。」と、興味深く尋ねる。

「最初は、茨城大学教育学部の講師をし、現在は、寺の子に生まれたので、二つの寺の住職をし、檀家さんの相談相手になっているみたい。」

「高倉先生、生き甲斐のある生活をしているわね。」

「今は、昔のように井戸端会議などなくなってしまったから、人の悩みや、話など相談相手になってくれる人が少なくなってしまったから、時間をとってお話を聞いてあげるなど、いい仕事をしているわね。」と、友人の話に花が咲く。私はヨセミテ公園を思い出し、

「ヨセミテのお店で買い物をしていたら、国府田良先生と二人になってしまい、早足で

しばらく木立を走り、バスに乗りこんだのよ。もう夕焼がせまって木立を紅く染め、暮れゆく空に一面にシスコの灯がきらめく情景は印象的だったわ…私が学校退職して公民館に勤務していた時、突然国府田先生から電話があり、「ヨセミテ公園を思い出すと、映画の「暁の脱走」を思い出すよ。」と、長い電話があったの…それから、まもなく亡くなってしまったのよ。」

「お別れの電話だったのかしら…背が高く体格のいい先生だったよね。」

「男の先生方、もう七人も亡くなってしまったわね、考えてみると、人生って長いようだったけど、過ぎ去ってみると短いものなのね。」

と、淋しい話題になってしまったので、話題を変えようと、私はアルバムをめくりながら、

「外国で一番よかったのは、フロリダ州のマイアミだったわね。木に咲く紫の蘭の花が、甘い匂いをはなって、風に揺れていたのが印象的だったわね、マイアミビーチでサンゴや貝がらをたくさん拾い楽しかったわね。あら、ここに青木武男先生（元本庁の指導主事）もご一緒に写っている…なつかしいわね。」と言うと小幡先生が

「特に、印象的だったのはマイアミからニューオリンズに向かう時、家々の屋根の黒いのが目につき、カラフルなマイアミとは対照的でしたね。特に、ニューオリンズのホテル

につくと、日の丸の旗が玄関の正面にひるがえっていて、思わずなつかしさが溢れてしまったわね。」と言う。すると、仲澤先生が、

「私、今でもよみがえってくるの…ボールルームに入ったとたん、宮殿の貴賓室を思わせる雰囲気に、皆目を見はり、真っ赤なジュータン、ドレープされた真っ赤なカーテン、きらめくシャンデリア、白いテーブル、白い椅子、高い天井や壁に描かれた宗教画、それ等が壁面に組み込まれた大鏡に映じて、更に豪華さがかもし出され、席に着いた我々一行は、皆、口もきかず、少々緊張の面持ちでいた時、篠山先生が、赤いジュータンを歩いて、グランドピアノを開き、讃美歌を弾きだしたのには驚いてしまったわ。続けて荒城の月や、庭の千草など弾き、いくらか雰囲気がなごやかになったけど、暗譜で弾くのには驚いてしまったわ…。」と言う。

「みんな、固くなっていたから、下手だけれど心なごませるために弾いたのよ。」

「たしかに、雰囲気がなごやかになったわ…。」と言う。

夕食後、班毎に自由行動、デキシーランド・ジャズの発祥地だけあって、ジャズを聞こうと列をなしている人々の姿を見かけた。

ニューオリンズは、ルイジアナ州にあり、ミシシッピーの流れに囲まれた、アメリカで

は珍しいエキゾチックな都会で、ミシシッピー川の雄大な眺望、映画のロケーションも多く行なわれ、とくにテネシー・ウイリアムスの名作、「欲望という名の電車」の路面電車は最も美しかった。

するど、仲澤先生が、

「ミシシッピー川の約一時間の遊覧船の中で、作曲家の中村八大先生と出会い、外人の弾くピアノに合わせて、異国の人達と、輪になりながら肩を組んで、ほがらかに（あなたは私の太陽）など、声高らかに歌い、修学旅行のような錯覚がしたわね。」と言う。

すると、藤田先生はフェニックスの花を見て、

「砂漠の中に咲く情熱的なサボテンの花は、強く心に焼きついて印象的だったわね。」と言う。

「たしかに、赤、黄色のサボテンは強く胸に焼きついているわよ。」と言うと、小幡先生がアルバムを開きながら、

「ワシントン第六学区の学校は、学校経営、教授方法にも斬新さが感じられたわね。照明はすべて人工照明で、高温低温、直射日光の強い地域であるのでエア・コンディションの設備は完備していて、リーディングセンター、図書館といった広々とした教室に、八人

の専任教師がおり、木箱で仕切られた個人指導のためのコーナーが用意されていたわね。」と言う。

するとと藤田先生が、

「フェニックス市は、メキシコに隣接することもあり、スペイン語を話す住民が多く、とくに低学年では、英語の読み書き能力の低さが障害になっているそうよ。」と言う。

すると仲澤先生が、

「たしかに、英語の能力の低さが障害になっていると説明があったわね。それから、夕食は外に出て名物の一キロ以上もあるステーキを食べようということにきまり、みな大砂漠の中を、ゆったりとした気持ちで合唱している途中、突然マスクをし手にピストルを持ったハイジャックが、運転士めがけて、バーンとうったので、私達一行は一瞬青ざめたわね」と、あの時の恐ろしさを語る。

すると、小幡先生も、「あの時はおそろしかったわね！」と言う。

私は、あの時の事を考えると、今でもブルブルと寒けがする。

「私は一番前のドアの近くの席だったので、次に殺されるのは私だと死の覚悟をしたものね。しかし、しばらくして、それは、これから行く店のサービスの一つだと言うことを聞き、やっと安心したけれど…それから、ステーキ店につくと、話に聞いたネクタイ切りがはじまったわね。カランカランと鐘が鳴るカウボーイ風のガールが、チュッとキスをして、ネクタイを切る、やんやの拍手かっさいだったわね。切られたネクタイは、年、月、日、氏名が記入され壁にピンでとめられる。ランプの光りで食事をしながら、下がっているネクタイの数を聞くと、およそ、一万五千本ぐらいとか、もちろん、現在では記念に飾ってもらうためという気持ちがあるようだけれど…とにかく、ネクタイなどしめないで、ステーキをという心意気はほんとうにうれしく、たのしい一時でしたね。」と言うと、仲澤先生が、

「本当にあのダイナミックなステーキはすごかったわね。私達三人は庶務係だったけど、篠山先生は記録係でしたわね。」と言う。

「そうだったのよ。だから、記録のまとめで、睡眠時間は、三、四時間しかとっていなかったわよ。」

「だから、よく覚えているのね。次のアルバム説明して下さる。」

「おおざっぱだけど説明するね。ロスアンゼルスは、ニューヨーク、シカゴに次ぐ米国第三の都市で、気候もよく街中緑が美しい。その昔砂漠であったとは、とても信じられな

い、豊富な電力と水がロスの街を今のように美しい都市にしたという、樹木のある所必ずスプリンクラーあり、整備もよく完備されている。ロスから四十分、有名な映画製作者故ウオルト・ディズニーが二五万坪の敷地に巨費を投じて造り上げたディズニーランドに到着、ダイナミックでアメリカ社会の縮図をみるような感じさえする。

冒険の国、幻想の国、開拓の国、未来の国の四つが、中央広場を中心にして放射状に配置されている。国内には昔風の建物が美しく立ち並び、ぬいぐるみのディズニー漫画の主人公たちが歩き回って、子どもたちの人気を集めている。

円形劇場に入ると、周囲に九枚のスクリーンをしつらえ、同時にアメリカ各地の風物を写し出すその迫力、とてもシネマスコープ等では見られないもので、自分が車に乗り、飛行機に乗り動いているように感じた。

冒険の国のジャングルボートに乗る。うっそうたる密林の中の薄暗い川を進むと、突然大ワニが出て来たり、土人の襲来等ジャングルを探検しているような気持ちになる。人工ホタルも大変美しい。

まったく、規模、設備ともに大にして細心の配慮がなされて、アメリカのスケールの大きな国民性の一端をみたような気がした。

それからラスベガスに着陸、各班に分れ、中型三機、小型一機のセスナ機に乗り、グランドキャニオンに向かう。グランドキャニオンは、アリゾナ州の州都フェニックスの北方約三九〇キロ米にあり、コロラド川の本流が穴を掘る千尋の谷は一気に一六〇〇米も落ち込み、色とりどりの変化を見る。空港に着陸し、全員集合バスに乗り込み、南壁のグランドキャニオンの見学をする。コロラド川附近に住むインディアンの住居も小さく見える。バスによる南壁の夕日に映えるキャニオンも、また格別でしたね。」と、説明すると、仲澤先生が

「私は、飛行機の窓から映ずるミシシッピーの雄大な流れ、ロッキーの山々、そして砂漠の荒涼たる姿を、一万米の上空から眺め、まったく広大な自然の美しさに感動したわ…。」と、感嘆する。小幡先生も

「この果てしなく続く雄大な自然と、人工の美が巧みに調和しているのには、まったく驚くばかりでしたね。」と言う。藤田先生も、

「人間は、いつも自然と文明との両方の美を極めたいと願っているけれど、この広大な自然にマッチした広い道路、緑の広場、天高く林立する高層ビルが巧みに調和し、まさに文明の美そのものでしたね。」と、しみじみと言う。

いつのまにか、時計は十二時を廻っている。

すると、仲澤先生が、

「篠山先生は、アメリカでもたくさん短歌を創作していたけど、短歌はいつ頃からはじめたの…。」と、質問してきた。私は、遠い昔を思い出しながら、

「小さい時から、日記は自分の魂との対話だから、思ったことなど書き、時々、俳句や詩など書き綴っていたけど、短歌をはじめたのは遅かったのよ、大学に入ってからだから…。」

短歌との出会い

私と短歌との出会いは、大学三年の春、国文科新入生歓迎旅行として、長野県下諏訪の霧ケ峰高原に行き、自然の満ち溢れた美しさにふれ、詠み綴ったのがきっかけなの。

あの時は、夜行でリュックを背負って汽車に乗り、車内は私達が席を埋めつくし、歌を唱うもの、話をするもの、ものを食べるものと、まったく修学旅行のようなにぎやかさ

だったわ。私は、いつのまにか、話し疲れて窓辺にもたれ眠ってしまったの。
ふと、目がさめると、空が白みかかって夜が明けはじめるところだったの。車内はシーンと静まりかえり、みな深いねむりに入っていたので、音をたてないよう窓を開けると、かすかに、うぐいすの声がやぶの中から聞こえてきたので、私は思わず手帳に、
ほのぼのと明け行く空を眺むればやぶの中なるうぐひすの声
と、なんとか五七五七七に収まったけれど、どうも「眺むれば」では表現がぎこちない。
ほのぼのと明け行く空は拡がりて薮の中よりうぐひすの声
と、訂正しているうちに、いつしか車内がざわめきはじめ、朝の光が窓に反射し、山々は、菜の花畑の彼方に、薄く遠く霞み、黄色の菜の花が車窓一面に拡がりはじめたの。そこで、
はるばると車窓に過ぐる菜の花の初夏の光にかがやいてゐる
など、感じたまま、ペンを走らせているうちに、汽車は、いつのまにか下諏訪に着き、初夏を迎えた野山は、草木におおわれ見渡すかぎりの緑の海だったわ。
私達は、しばらく自然の冷気にひたって歩いて行くと、瑠璃のように透きとおる小川についたの。草の葉も水も一面にまっさおに見渡され、丸い踏み石のような石が、ぽつんぽつんと敷かれていて、周りはピンクと白の芝桜が、風に揺れてきれいだったわ。しみずを

両手で受けると、ひんやりと冷たく、口にふくんだあの感触は、いまでも忘れられないわ。そこで櫛を濡らして髪をとかし、石の上をぴしゃぴしゃととばしりをあげながら渡ったりして一時を過ごしたの。スケッチするもの、創作するもの、みな、まちまちだったけど私は手帳に、

芝桜小川の岸に咲きみだれ紙につつみて誰に送らむ

と書きつづると、隣にいた友が、いつのまにか私の手帳を覗きこんで、誰と言うことはないでしょう…君でしょう？など指摘され、なるほど君はいないけど、君に送らむか—なかなかロマンチックでいいわね—など笑いながら登山をはじめたの。

芽ぶく白樺の林を通って行くと、しっとり露にぬれた山桜が、目にしみいるようで私は思わず、

おほかたは花の散りたる山桜露しとどなり朝日さすなか

白樺の芽ぶく山の夜通し来てこの走り井に櫛けづりゐる

など、口ずさみながら、頂上に登ったの、薄紫や、薄みどり、薄青の山波が幾つにも色どられ、吹き来る風に髪をなびかせながら、美しい自然を満喫しつつ、母に歌を添えて

ひんやりと山の冷気肌にしみ遠き山波淡くかすみぬ

常陸の母にかきわたるわが手紙下諏訪の駅のポストに入れぬ
など絵はがきを書き、私は久しぶりで登山に参加し、この大自然の美しさを、自分の中へ取り入れることができたの。
それから、アララギに入会している先生のすすめで会員になったの。土屋文明先生は言葉には非常に厳しかったわよ。私が、
一途なる思いを断ちてこの日頃家にこもりて手習いをする
と提出すると、「一途なる思いはいいのに、なんで断ってしまうのか断ちてに変わる表現はないか。」と言われ、わびしく…と言うとその表現でいいなど指摘されたわ、また、
琴の音の静かに響く夕の暮、うのの垣根にただずみて聴く
と言う短歌には、心は、琴の音か、うの花なのか？どちらか一つにしぼれと厳しくご指導いただいたの、それが今、私の心の糧になっているのよ。と、説明すると皆驚いている。
私は時計を見ながら、
「十二時過ぎてしまったけど、合作の絵本「お日さまのようなお母さん」の原画を持ってきたのでお見せするね。」
「読み聞かせは、紙芝居のように行いますが、語り聞かせは、物語自体を暗記し、絵の

ない状態で聞かせます。今日は時間がないから、読み聞かせと、語り聞かせ一緒にやりますね。」

最初、導入段階で、その絵本の歌をうたって関心を引き、語って聞かせます。私の作詩した歌で作曲は教え子の榎森保夫さんです。

絵本の語り聞かせ・読み聞かせ

お母さん　お母さんは
いつも明るいお日さまのよう
苦しみも悲しみも
花のようなほほえみで
みんなをやさしくつつんでくれる
星のようなまなざしで
なんにも言わずこっそりと

痛む心をなぐさめる
心やさしいお母さん
お母さんお母さんの心には
いつもお日さまほのぼのと
みんなの幸せひたすらに

お日さまのようなおかあさん
おかあさん
あなたの心の中には
いつも太陽が
キラキラかがやいている

おかあさんは

いつも明るい
お日さまのよう
苦しみも　悲しみも
花のような　ほほえみで
みんな　つつんでくれる

なにも　いわないで
星のような　まなざしで
痛む心を　ささえてくれる

あかちゃんが生まれたら
花園をかけまわる
小鹿のような
空とぶげんきな　つばめのような
とんだり

はねたり
歌ったり
そんなこどもにそだてたい

心とは澄んだ鏡
相手を　そっくりそのままうつす
でも心って　ただの鏡じゃないみたい
じっと　見つめていると
とってもやさしく温かい
すごい勇気が湧いてくるのです
だから　ゆたかな心の人って
美しいものを
たくさん鏡にうつすんですね

こどもを公園につれていきます

こどもはむじゃきに
ブランコにゆられたり
鳩を追ったり
池の鯉と遊んだりします
でも
おかあさんにはぐれると
「おかあさん」「おかあさん」
と　むちゅうになって　泣きながらさがします
そして　おかあさんの姿を見つけると
また　ほっとして遊びます

強い人ってどんな人でしょう
けんかに強い人をいうのかな
それとも頭のいい人をいうのかな
もしかしたら　どんなときでも

自分を守りとおせる人を指すのかも…
でも　本当に強い人というのは
バスで席をゆずるような
雨にぬれて　こまっている人に
だまってかさをさしかけるような
そして
小鳥のお墓にお花をあげるような
そんな…
心のやさしい人

ちいさいときのことを思い出します
母について　畑へ行った日のことを
あぜ道には　黄色いタンポポ
土手には　ピンクのレンゲソウ

私は草笛を吹きながら　蝶をおっかけました

入道雲が綿あめに見えたり
かいじゅうになったり
お人形さんになったり
そして
あの雲に乗って遊んだら
どんなにたのしいかなんて…

夏になると　いつも思い出す
こどものころの夢です

遊びにむちゅうで日がくれて
おかあさんのおむかえのうれしかったこと
古寺のやねで　からすが二、三羽

「よかったね」
と　ささやいているようでした

木枯しが
吹くころになると
母は　かじかんだ手で
セーターをあみながら
コタツの中で
おとぎ話を聞かせてくれました
いつか　ふりはじめた雪は
庭に忘れたマリやシャベルを
白く白く染めながら
ひっそりと積もって行きました

どんなに美しい花でも

やがては　色あせて枯れてしまいます
でも人間だけはちがいます
それは　神さまが
わたしたちに
いつまでも　変らぬ美しさを与えてくれたからです
それが美しい心です
しかし　神さまは
ちょっといたずらして
心の美しさを
あなたには見えないようにしてしまったのです

おばあちゃん
神さまってどこにいるの
お社の中なの　お空の上なの

神さまは　みんなの心の中にいるんだよ
こまったこと　かなしいことにあうと
だれだって手を合わせたくなるのはそのせいよ
神さまは　人間の心の中に住んでいて
いいことも　わるいこともお見とおしなの

心配ごとのある人に
お地蔵さんは　やさしくささやいています

「忘れてしまいなさい　忘れてしまって
いいのです　悲しみのむこうには　きっと
幸福が待っています　さあ元気を出して

美しく咲く花を見ると　いつも思う
それをそだてる水と光を

元気で遊ぶこどもの姿を見ると　いつも思う
それをつつむ母の愛を
人間は　どんなに遠く離れていても　自分をささえてくれる人がいるとき
はじめて光りかがやくことができるのです

「これで終りです。」

「幻想的な絵で、すばらしいわ。」と、皆感嘆する。

「あと一つ、お見せしたいのがあるのよ。前に出版した、「愛の毛布」――いのち灯すとき――の特別支援学級の生徒達の切り絵を持ってきたの…斎藤隆介作、滝平二郎絵（岩崎書店）のモチモチの木の絵本なんだけど、表白、裏黒の紙を使って、白紙の方に絵をかかせカッターで切りぬき作ったの…お月様は黄色のセロハンを使い、木にともる火は、とりどりのセロハンを丸く切ってはったの。


臆病で弱虫な豆太が、急病になったおじいさんが心配なばかりに真夜中にお医者さんを呼びに行き、勇気ある子供一人だけが見られるという、モチモチの木にともる火を見ると

いう話で、

『じぶんで、じぶんを、よわむしだなんておもうな、にんげんやさしささえあれば、やらなきゃならねえことは、きっとやるものだ。それをみてたにんが、びっくらするわけよ。』

という言葉は、真の勇気とは何か、ということを教えています。

また、この本に見られる親子像（祖父と子供）は、世の中がどう変わろうと変わることのない、親子の真実の姿が示されています。親は子供に広い愛情を与え、憶病で弱虫な子供だから突き放すというのでなく、広い心で包んでやる、子供はその愛情をテコにして勇気を出すことができるのだ、ということを教えている絵本なのよ。」


「すばらしいわね。この木の小枝など、よくカッターで出来たね。」

「裏の文字も、しっかり書けているわね。」

「ここまで指導するのは大変だったでしょう。」

「たしかに、二年間担当したけれど、最初パズルや、模型など、工作を取り入れ、手が器用であると知るまで半年かかったわよ。」

「そうでしょう…でもすばらしく仕上げているじゃないの。」

「子供って、無限の可能性があるのだ、と考えさせられたわよ。」

「愛情豊かな指導がよかったからよ。」

「そんなことないけど…ただ一生懸命やっただけよ。私ばかりお話してしまったけど、みなさんも、すばらしい趣味をもって生活していらっしゃるのでしょう。」

するると、藤田先生が、

「私は、健康のために、舞踊、とダンスをしているの…。」と写真を見せてくれた。すばらしい着物、帯の姿に三人とも驚嘆してしまった。いつも静かで穏やかに年を重ねているので、誰が見ても八十六才には見えない、凛とした着物姿は、五十代の姿である。

「だから、背筋をぴしっと伸ばして歩く姿勢がいいのね。私など少し背中が曲がってきたもの。」と、仲澤先生が言うと、藤田先生が、

「そんなことないでしょう。仲澤先生こそ、毎年、夏はフランス旅行、クリスマスはイタリアで過ごすなど、一番リッチな生活を送っているでしょう。」と言う。すると、仲澤先生は謙遜して、

「そんなことないわよ。娘が旅行が好きでいつも計画表を作ってくれるのよ。今年はスペインで過ごしましたけど、全スケジュールを観光する事が出来るのも家族の支えがあっ

てのことよ。」と言う。

母性あふれた優しいまなざし、素敵なデザインの洋服、とても八十五才には見えない。私も毎年いただく年賀の外国写真を思い出しながら、

「ベルサイユ宮殿などどすばらしかったでしょう。旅に出れば、別の世界がひらけ心が新鮮になるでしょう。芸術一家だから、すべて心の糧になるでしょう。」と言うと、小幡先生が、しみじみと、

「仲澤先生は、最高の思い出作りをしているね。」と、言う。

すると、藤田先生が、

「小幡先生だって、県展で書道入選したのよ。すばらしいでしょう。」と言う。私は思わず、

「おめでとうございます。書道で現在は活躍なさっているの?」

「友人から、介護施設の人達に書道を教えて下さいと依頼され教えているだけよ。これも車が乗れる内だけよ。もう八十才だもの。あと、三年位かな?と思っているのよ。年をとると老人も子供にかえるのね。上手ねと言うと、花丸付けて下さいなんて言うのよ。」

とにこやかに言う。良妻賢母ですべてをこなし謙虚で、きめ細やかな心づかいがいたると

ころで見られる、模範の先生である。

「生き甲斐のある生活をしていらっしゃるのね。あと三年位なんていわないで長く続けなさいよ。人間は還暦の倍まで、百二十才まで生きられるそうだから、百才までは車は大丈夫よ。」

「私は、ボケないかぎり運転するつもりよ。」

するとと仲澤先生が、

「篠山先生は、来年は何をなさるの…?」と尋ねる。

「今まで、浅く広く、ピアノ、琴、茶道、華道、書道、陶芸などやってきたけれど、来年は、野の花や草木など押花にして、風景をデザインして、それを油絵に描き挑戦しようと思っているの…人生はこれからが楽しいと思うのよ。未来の階段を元気でのぼれるように、あせらないで、ゆっくり自分の時計で歩みたいと思っているのよ。」

「すばらしいわね。作品出来たら頂戴ね。」

「上手になったら、プレゼントするわよ。」と語り合っているうちに、いつのまにか、時計は二時を過ぎていた。

みんな、それぞれ檜風呂に入って床に入り熟睡した。朝、六時に私は眼がさめたが、先生方は皆、深い眠りに入っている。音をたてないように洗面所に行き、歯をみがき、クリップで髪をまき、また床に入った。うとうとしていると、ジリジリンと電話である。時計を見ると、もう八時二十分である。私は思わず、

「みなさん、モーニングコールよ。朝食の時間だそうです。」

「あら、もうこんな時間なの。」

「ぐっすり寝てしまったわ。」

「じゃ、貴重品だけ持って食堂に行きましょう。」

と、急いで化粧をし、エレベーターに乗って食堂に向かった。

何故か、海外視察の連続のような気がした。

朝食の時も、朝食後も話はつきず、また、楽しい団らんが続く。

カナダの旅

「篠山先生は、茨城県婦人のつばさ第四回海外派遣団で、事務局として、カナダ、アメ

リカも視察したのね。」

「県から依頼を受け視察してきたわ。写真で見る婦人のつばさの旅、茨城新聞社発行の本、持ってきたから、お見せするわね。」

「あら、九月末なのにハナミズキが咲いていていたの。」

「そう、二度咲きのハナミズキだったのよ。黄色い秋のたたずまいを見せているのに、午前中の気温が二十度近く温かだったわ。」

「ここに書いてあるわよ。厚手のコートを用意してきた団員には拍子抜けするほどの温かさ、「あれ、ハナミズキじゃない？」と国際空港から市街地へと向かうバスの中で、歌人でもある県の社会教育主事篠山孝子さんが窓の外を見て、思わず身をのり出した葉は色あせているが、確かに白い花をつけている。ハナミズキは温暖なブリティッシュ・コロンビア州の州花である。「四月に咲いていて、そして今ごろ二度咲きするんです。」と通訳のもと子リードさんが教えてくれた。」と。

「見学は、どこの州からしたの。」

「バンクーバーから、エドモントン、トロント、ニューヨークだったの。バンクーバーは、カエデの街路樹が美しい街で超高層ビルが建ち並び、太平洋をのぞむ町並みもきれいだったわ。このカラー写真を見てもわかるように、抜けるような青空が広がる広大な自然公園（スタンレーパーク）。チリ一つ落ちていない、美しく整備されたクィーンエリザベス公園だったわ。それから、エドモントンの古代建築を思わせる荘厳なアルバータ州議会議事堂で女性議員と懇談、男性と肩を並べて女性が能力を発揮していたわ。それから宇宙科学センターを見学し、アルバータ州と文化大臣主催のディナーパーティーに出席したのよ。きらびやかな女性ばかりのディナー・パーティーだったわ。その後、各民泊（ホームステイ）引き受け家族と面会し、各民泊先でそれぞれ交流、研修をしたの。私の民泊先のマリエさんは、移民の多いカナダの小学校で移住してきた子どもたちに、英語を教える特別学級の先生でした。夫君は大学の教授で三年前に死去、童話作家で弁護士である娘さんが近くに住み、週に何回か泊りに来るらしいの。そして、近くに親友や教え子達が住んでいて、常に交流し共に楽しみ助け合って生活をエンジョイし、何事にも積極的な生き方をしていた方でした。

夕方、親友のメアリーさん宅にお招きいただき温かく迎えてくだっさったのよ。食事はすべて手作り、自分の畑でとれたというポテトや、チェリートマトなど、とてもおいしくいただきました。特に、パーティーはただ食べるだけでなく、手品をしたり、細長い風船で動物を作ったりして楽しませてくれたのよ。だれもが真心で接してくれたわ。私はこのパーティーで、カナダの客のもてなし方を学んだわ。ステーキ、サラダ、手づくりのパンと飲み物、そして、手づくりのアイスクリームなど客のもてなし方はすばらしかったわ。カナダは、六ヶ月間冬が続くので、どの家も三階が玄関になっていて、二階、一階は地下になっているのね。そして地下には卓球台とか、運動用具など備えてあるの。又、図書室などもね。

翌朝、マリエ夫人が美しい田園風景が広がる郊外にドライブに連れて行って下さり、学生時代に覚えたケンタッキーの我が家や、オールドブラックジョウの英語の歌を一緒に口ずさみつつ楽しかったわ。帰り、デパートにより、皮のブーツなどプレゼントして下さったの。私は、手編みの白いレースのショールをお土産にさしあげたけど、そのお返しだったのかもしれないけど…。

翌朝、総領事公邸で、エドモントン総領事夫人主催のお茶会に民泊家族と一緒に出席し、マリエ夫人とお別れしたの。一泊だったけど、優しく親切にしていただいたので別れがつらかったわ…。

それから、トロント市教育委員会を訪問してから、マックマリッジ小学校、ウイノナドライブ中学校を訪問したの…トロントの教育は、子どもひとりひとりの性格や行動を丹念に観察しながら、子どもの能力や適性に応ずる教育をすすめていることには、全く感心させられたわ。それから、カナダ、アメリカの国境のナイヤガラへ行ったのよ。スカイロン・タワーで水煙が上がる滝を見ながらの夕食はすばらしかったわよ。その後、国連本部を訪問したの…ちょうど総会開催中であった為、国連の会議場を見学し国連日本人女性職員を囲んで交歓会をし、それから全米近隣女性会議に出席し、ピーターソン女史から活動内容の説明を聞き、デイケアセンターを訪問したの。

社会的、家庭的に恵まれない立場にいる人達への保護と配慮に、きめの細かさがみられたわ。それは行政と民間の協力による運営と、優れたスタッフと、ボランティアのチームプレーによるもので、それぞれのコミュニティケアを充実させていること、特に福祉の充実は、婦人問題と深くかかわりあっていたことがよく分かったわ…。

ボランティア活動については、学生時代から行われていて新たな感銘を覚えたわ。特に、地位向上のために与えられた婦人の地域活動、生涯教育、子どもの健全育成という課題にそっての海外視察は実り多いものとなったわ。」

「短歌もたくさん出来たでしょう！少し紹介して…」

「忙しかったので、あまりよく出来なかったけど…少し紹介するね。」

○バンクーバーでは

青空に楓もえるカナダ旗バンクーバー駅よりしみじみと見つ

茨城のつばさの友と語りつつ花をめでつつ沈床園めぐる

○未婚の母の家・デイケアセンター

折紙のツルやカブトを贈りたり心なごみぬ未婚の母の家

野ボタンや紫陽花の咲く住宅地芝生の庭は色冴えて見ゆ

○アルバータ州議会・ボランティア組織訪問・ホームステイ

にこやかな女性議員と議事堂に女性の役割しみじみと聞く

いきいきと働くカナダの女性見て共に語りぬ心ひらきて

カナダのテレビに映りしつばさ団花とサクラの歌声響く

○マリエ夫人とドライブ・総領事公邸

マリエ夫人とコーラスしつつ語りつつエドモントンの田園めぐる
綿毛のごと川べりに飛び散りてあたり一面たんぽぽの花
総領事公邸に照りかがやきて垣添ひに白きコスモス紅のコスモス
別れぎは寂しさに堪へわれはただマリエの庭の紅葉を拾ふ

○ティー・パーティー

トロントの夕映の雲明るみて日暮れてなほも紅色の空
ティパーティィーカナダ夫人となごみつつ心寄りゆき別れを惜しむ
トロントのガイドは同郷の女性にてなつかしみつつ語り合ひたり

○ナイヤガラ

雄大なナイヤガラの滝見下ろして心の狭く過ぎし日思う
夕光のさして流れるナイヤガラ蒸気の如く夕霧の立つ

○国連本部

立ち並ぶビルは積み木の如くにてニューヨークの街に吾は小さし
加盟国の寄贈のものをとりつけし国連ビルは硝子張りの城

○さよならパーティー

歌声はいつのまにやら静まりて溢るる思ひこみあげてくる

○ニューヨーク

インディアン襲来に備えし防壁の跡いたましきウォールの街
いくときか雲海の中をすぎて来てわが機の窓に澄みし空見ゆ
チップおくことにもなれて研修の旅終へむとすニューヨークに

「先生の高い識見と豊かな感性に頭が下がり心を打たれました。」

「この間出版した「なぜ、人はいい言葉でのびるのか」を読んで、言葉によって心を磨く、言葉は人生そのものとのお考えに私はまったく同感です。」

「私も、読書との関連から、言葉を通した聴く、考える、話す、書くなどの力を盛り上げる方法など全く同じ考えだわ。結局人間のことばは、人格の表れですものね。」と、言う。

「私も最近使い慣れた言葉に、思いも寄らぬ深みがあることに気づかせられたわ。」

「どんな言葉なの？」

「栃木県喜連川に妹が別荘をつくった時、（建築家が最後の点検でカギを手渡す日、）私バルコニーに出るガラスの窓の網戸が一枚なかったことに気がついたので、「ここは網戸がないのですか？」と言うと、「ない網戸もあるんだよな。」と言って帰ってしまったので、私は驚いて、カーテンを取りつけている三輪建夫（有限会社ふらんや）さんに、「工事している時は真面目に仕事していたけれど、終りになると不親切になるのね。」と、愚痴を言うと三輪建夫さんが「私は最後が始まりだと思って仕事をさせていただいています。」と言ったので、私はなんと真面目なすばらしい人なのだろうと感服していたら、三時のお茶の時、しみじみと苦労話をして下さったの…「二十三年前、四十二才の時に咽頭部悪性リンパ腫になり国立栃木病院で検査の結果、放射線照射の治療をすすめられたけど、当時は、着物専門店を営んでおり業績も振るわず、入院する余裕などなく通院による放射線治療にすがるしかなかったそうよ、しかし、三週間が経ったころ、のどの状態が悪化して、水すら飲む事もできない状態の時に高脂血症、動脈硬化が心配な人、肝臓が弱い、心臓が弱い人に、又認知症を予防し改善するという、手づくりの卵油を頂き、藁をも掴む思いで頂いた卵油を放射線照射終了後、約二ヶ月間、毎日朝、昼、晩、茶さじに半分位ずつ飲み続けたところ、適切な治療と信心のかいがあり、悪性リンパ腫は、奇跡的に治ってしまった。また、持病であったはずの冷え性や肩こりも卵油の効果ですっかり良くなり、健康で毎日働けることは本当に幸せだと思っています。」とおっしゃったの。私は思わず感激して、三輪さんより卵油を購入し母に九七才まで愛用させたの…そして、私、家を新築する時は是非お願いしますねと、予約し、私の家も、息子の家もカーテン取り付けは、三輪さんにお願いしたの。元呉服屋だったので、カーテンの柄選びもセンスがあり、それに油絵や掛け軸まで、面倒がらずにとりつけて下さったので助かったのよ。大工さん達は下妻市なのに、どうして栃木県那須塩原市の方に、二軒も依頼するのか？不思議に思っていたので、いきさつを説明すると、

『言葉を大切に使うことが、どんなに大切なのかよくわかった。』と、言っていたわ。」

と、言うと、みんな

「言葉は、人をつなぎ、心をつなぎ、思いをつなぐんですね。」

「言葉を大切に使う事が、どんなに人生の宝であるかを、身にしみて考えさせられたわ。」

「三輪さんのように、心に響く言葉を届けられるよう努力したいわね。」と言う。

「たしかに、人は出会う人達の言葉によって人生も変ってきますものね。最近しみじみ考えるのですけど、人生楽しく生きていく為には、和顔愛語だと思うのよ。私が結城市江川北小学校の教頭の時知り合いになった、江川新宿の元PTA会長の渡辺喜一、すみ子御夫妻は、クリーニング店を経営している方なんですけど、誰ともいつも和顔愛語で接し、知識が豊富で健康について、食事についてまた植木づくり、花づくりいろいろ実践している御夫婦なの。御主人は、学校が豊かに楽しく過ごせるようにと、運動会と文化祭をミックスした江川北小祭りを毎年開催し、学年ごとに家々にあるものを持ちより、お店を開きその収入を全部学校に寄付して下さるので子供達の帰りを知らせる「からすなぜなくの」などの曲を知らせる機器装置等も購入でき、学校の環境も整ったのよ。

奥様は良妻賢母で二人の息子さん達を立派に育てあげ、仕事の合間に、味噌づくり、キムチづくり、こうじづくり、ぬかづけ、キュウリの押しづけ、白菜づけ、ショウガ、梅、カブ、大根等の酢づけなど、なんでもおいしく作るのよ。田舎マンジュウ作りは天下一品で、私作り方等教えていただき大変勉強になっているの…。

親の背を見て子は育つと言うことわざがあるけれど、奥様の親のしつけがすばらしかったんだろうと推察しているの…御主人様のお母様も、いろいろな野草、ドクダミやアマ茶ヅル、ハーブの実などでお茶をつくり、御馳走になったことがあるの。どちらの両親も立派で奥様は素直にそれを学び身につけたのだろうと想像しているけど、とにかく、いつも花のように明るい笑顔で、あたたかいやさしい言葉で接して下さり、すばらしいの…。」

「和顔愛語は、たしかに人の心をなごませてくれるよね。御夫妻とも、恵まれた心優しい御両親に育てられたのね。」

「夫婦相合ですばらしいわね。渡辺御夫妻のように、幸せを運ぶ人になりたいですね。」

「本当に、身心共に健康で、花のように明るい笑顔で、花のように美しい心で、一日、一日歩んでいきたいわね。」

と、話はとめどなく続いた。

私は、幼き日のことを思いだすと、おばあちゃんのぬくもりまで感じ、今でも胸がキューンと熱くなるのです。

そして、祖母と一緒に畑へ行った日のことが走馬灯のように浮かんで来て涙が溢れてしまいます。

毎年畑のまわりに、黄色の菊の花を咲かせ、とりどりのトマト、キュウリ、ナス、カボチャ、サツマイモ、サトイモ、ヤマイモ、ニンジン、ゴボウ、ダイコン、ピーマン、インゲン、ダイズ、ゴマ、コクトリ、ネギ、コマツナ、カラシナ、ソバ、イグサ（畳をつくる草）までつくり、お正月には、その草で畳かえをしたことなど、なつかしくよみがえってきます。

そこで、お日さまのような、おばあちゃんをつづってみました。

おばあちゃんは、いつも明るい笑顔で、泉の如く湧いてくる温かい言葉を孫達に語り、生きる知恵を教えてくれました。

お日さまのようなおばあちゃん

おばあちゃんは　いつも明るいお日さまのよう
いつも　やさしい笑顔で　あたたかい言葉で
小さい子どもの問いかけに　まっすぐ答えてくれる
おばあちゃん　スミレの花はどうしてきれいなの
それは　自分を小さい花だなんて思わないで　せいいっぱい紫の花びらを広げるからだよ
たんぽぽの花は　どうしてみんな黄色いの

それは　踏まれても　つらくても　どんな場所でも　下に根をはり　いっぱい日の光を
受けて　花を咲かせ続けているからだよ

あじさいの花は　いつ頃咲くの

梅の実が　ふっくらとふくらみ　毎日しとしとと雨が降る頃だよ
そのころは　田んぼの稲が　ぐんぐん伸びて　夜になるとかえるの鳴き声がはげしくな
り　美しいホタルが飛びたつ頃よ

コスモスの花は　いつ頃咲くの

澄みきった青空に　赤とんぼが飛び立つ頃になると　朝夕すっかり冷えて寒くなり　夜
つゆが　草をぬらす頃だよ

小鳥が　木にたくさん集まってくる頃は

冷たい北風が吹くようになると　山や野原は　すっかり茶色になって　風が吹くたびに
みんな裸になると　とり残された実のなっている柿の木にたくさんひよどりが集まって
くるんだよ

お正月の料理は　なぜ三つの重箱にかさねるの？

おせち料理は　本当は五段重に詰めるのが正式なんだよ　詰める料理の順序は　一の重は祝い肴、二の重は酢のもの　三の重は焼きもの　四の重は煮もの　五の重は控えの重で　五の重を控えの重としておくのは将来さらに栄え　富が増えることを願ってのことだそうだよ　でも　今は簡単に三段重が多くなり、一の重は祝い肴　二の重は酢のもの焼きもの　三の重は煮ものを詰めるのだよ
料理を重箱に詰めるのには　めでたさを重ねるという意味があるんだよ。

重箱のもりつけは　どうやるの

おばあちゃんが　母親から教えてもらったのはね…。

一の重は　農作の田作りにつめるんだよ　真ん中の一番上には
尾頭の祝いざかな　中央は笹で円形にして　まめまめしく働くように健康の黒豆を　そ
の下に子孫の繁栄のかずのこを　そして　右上に畑から米や麦ができるから　白と黄色
のものを交互につめその下には花型のヨーカン　左上には畑から大根　人参などとれる
から　赤白のカマボコを交互につめ　その下には　人間は働けば黄金小判が　ザック
ザック入るように　豆のキントンをつめるんだよ

二の重には　紅白なます　菊花かぶ　たたきごぼう　わかさぎの南蛮づけの酢の物をつ
めるんだよ

三の重には　煮ものと焼きもの　えびの鬼がら焼　かつおの西京焼　里芋　コンブ　お
にしめを　七色の虹のようにつめるんだよ

そして　お雑煮の前にはしをつけて　それぞれ祈って感謝していただくものです

人間が死んで　三途の川を渡る時　鬼たちがむちをふるうことはないの
川は深くうずまいていると本に書いてあったけど

それは　死ぬことはこわいことだから　命を大切にしなさいと　たとえ話で教えてきたのだと思うよ　恐ろしい三途の川などないよ　おばあちゃんが風邪で高熱だった時　夢できれいなお花畑を見たことがあるんだよ　花が一面に咲き乱れ　池のほとりにはハスの花が咲き　急いで花畑に近づこうとすると　孫達がおばあちゃん　待って　待ってと叫ぶ声が聞え　後ろを振り向いた時　夢からさめて熱がさがったんだよ　孫達の叫ぶ声が聞こえなかったら　呼吸が止まって　あの世へ行っていたかもしれないね

あの世には　地獄極楽ってあるの

地獄極楽は　この世にあるんだよ　人を殺したり　悪い事をした人は　この世で裁判官

にさばかれ　罪の重い人は死刑になるし　また　無期懲役になって　一生牢獄に入れられるのだよ　これが地獄なのだよ　人間は生が終われば死もまた終わるのだよ

神さまって　どこにいるの　お社の中なの　お空の上なの

神さまは　みんなの心の中にいるんだよ　こまったことかなしいことにあうと　だれだって手を合わせたくなるのはそのせいよ

神さまは　人間の心の中に住んでいて　いいことも　わるいことも　みんなお見とおしなの

石のおじぞうさんは　なんで立っているの

おじぞうさんは　みんなを守ってくれているんだよ　そして　心配ごとのある人には忘れてしまいなさい　忘れてしまっていいのです　悲しみのむこうには　きっと幸福が待っています　さあ元気を出して　とささやいているんだよ

おばあちゃんは　いつも笑顔でみんなのために野菜をつくり働いていて　家族みんなのお日さまだね

みんなの幸せが　おばあちゃんの幸せなんだよ　でも　ときどき太陽が輝こうとしているのに　雲がじゃまするることがある　大粒の雨を降らせることもある　悲しいことがずっと続いたとき
神さま　どうして　こんなに苦しめるのですか
お星さま　あなたはみんなの上に　キラキラ輝いているのに　どうして　私の上に輝かないのですか　と言いたくなるときもあるけれど
朝の来ない夜はない　春の来ない冬はないと思っているんだよ
苦しいけれど　希望を持って生きよう
夜が暗ければ　暗いほど
朝のやわらかい　日ざしがとてもまぶしい
冬の寒さが　きびしければきびしいほど

春の光はやわらかで　ポッカポッカと暖かく
胸に心にしみとおる
暗い夜や真冬の厳しさは
おろかな人間に
朝の光のまぶしさと
春の日ざしの暖かさを知らせるために
与えてくれたんだな　と思うんだよ

わたしも
自分ひとりでいるときは　自分で自分の心がわからない
うれしいことにであったとき　心にうれしさがこみあげてくる
悲しみにであうと　心が涙で満たされる
心の痛みをかかえている人にであうと
相手の痛みが　そのまま自分の心の痛みとなって
チクチクと胸を刺すような気がするのよ

たしかに　心って澄んだ鏡だから　相手をそっくりそのままうつすんだよ
美しい風景を見ると　心の中に美しさが広がり
楽しい音楽を聞くと　心の底まで楽しくなってくる
また　相手の涙を見ると　自分の眼にも涙がうかんでくる
でも　心って　ただの鏡じゃないね
世の中の不正を見ると　怒りの感情が湧き
目の前で　子供が池に落ちるのを見たときは
身の危険をかえりみず　飛びこむ勇気を湧かせるのも心だね

でも
心って　それだけでは誰にも見えない
自分でもわからないものだけれど
何かにであうと
心は　やさしく　温かく

とっても　すごい勇気を湧かすものなのね

たしかに　心のゆたかな人って
きっと　自分の鏡に美しくあたたかいものを
いつもうつしている人をさすのでしょう
だから　結婚して赤ちゃんが生まれたら
温かく　清らかなものを　いっぱい見せて
お話ししてあげなさいね
子供が　すこやかに育つとともに
自分自身が　ゆたかで　清らかな心の持主に
なることができるから
母親の広くて温かい愛情の中で
こどもたちは　自由に活動し
自分の力で　いろいろな体験をしながら
育ってゆくのだから

スポーツをやらせ
じょうぶな身体をつくることも大切だけれど
子どもを伸ばし　美しい心を育むには
花を育て
けがした小犬に薬をつけてやったり
死んでしまった小鳥のお墓に
毎日　お花をあげるような
やさしい思いやりのある　心根の持主に育てることを
もっと　もっと大切にしなければならないよ
常に　反省　素直　謙譲　奉仕　感謝の心を意識させ
子どもの中に宿っている力を
やさしい言葉でほめながら引き出していくんだよ
やさしい言葉で　子どもは必ず伸びるのだから
感動が　子どもを変えて　心が豊かに育つのよ

ある日
おばあちゃんと一緒に畑へ行くと
私の側で　もくもくと畑を鍬でおこしていました

おばあちゃん　休まないで疲れないの

作物とお話しながらやっているから　疲れないよ

どうして　作物のことばわかるの

耳をすまして心の耳で聞くとようくわかるんだよ
もっと肥料をちょうだい　そしたらもっと大きくなってあげる
虫に食われて痛いよう　早く虫をとって　それをかなえると
作物はおばあちゃんの期待に応えて　すばらしい実をならしてくれるんだよ
それが本当にうれしい

と　子どもの心に感動をふきこんでくれました

夜になると　たくさんの童話や　歴史小説など感情をこめて
やさしく聞かせてくれました
今の自分に　感受性がそなわっているとしたら
おばあちゃんが愛情こめて　たくさん語り聞かせをしてくれたこと
子どもの問いかけに　まっすぐ答えてくれたこと
人生を深く見つめる目と心を培ってくれたこと
きっと　このような世界で
無意識のうちに　はぐくまれたものでしょう

人間は誰でも　美しくなりたいと思っています
魅力ある人になれたら　と考えています
十代の若さが　永遠に続くとしたら

どんなに　すばらしいことでしょう
バラの花でも　ユリの花でも
つぼみから満開になろうとするときが
みずみずしくて　美しい
そして　花の時期がすぎると
花も人も色あせてきます

ありがたいことに神様は　人間にもう一つ
永遠に変らぬ美しさを与えてくれました
それは　美しい心です
美しいものに共鳴する美しい心
温かいものに共鳴する温かい心です
人間のみに与えられる美しさは
永遠に続きます

自分の人生をふりかえるとき
後悔ばかり眼につきます
回復できない　心の傷をおうたこと
親に死なれて　はじめて
親孝行すればよかったと気づきます
指を切り　血を流しながら
ナイフの使い方をおぼえるように
人間は　他人を傷つけ　自分を傷つけながら
成長していきます

今日も
心に傷をおった人に
お地蔵さんが　ささやいています
忘れてしまいなさい
忘れてしまっていいのです

村のはずれの　お地ぞうさんは
いつも　にこにこ見ています
そして　悲しみの中にある人に

悲しみは　みんな　私のところに置いていって
さあ　元気を出しなさい

とささやいているのです

「先生は、やさしいおばあさん、お母さんの温かい愛をたくさんいただいて育ったのね。」と、先生方は言う。

「母も祖母も、子どものいいところを、ほめて育ててくれたのよ。そして、どんな問いかけにも、まっすぐ答えてくれたのよ。特に、祖母には、たんぽぽの花から人生の生き方を教えてもらったの…人に踏まれてつらくても、置かれた場所でたんぽぽの花のように、下へ下へ根をのばし、地球のすみずみまで照らすお日さまの光をいっぱい浴びれば輝いて咲けるんだよ…。」と。

夢でもいいから逢ってお話がしたい。そして感謝の言葉をいいたいと思っているの。

日の光浴びて咲きたるたんぽぽの花踏まれしことも黙《もだ》ししまゝに

この短歌は、祖母の教えから生まれたの…よ。」

エピローグ

今、ここで生きている私達にとって、大切なことは「生きる」ということはどういうことか、ということです。自分が主体的に生きる、充実感を得るということはどんなことかということです。

会社でお茶くみの仕事が与えられたら、どうでもよい仕事を私におしつけたと考えることでなく、お茶くみで自分をどう生かすか、どうしたら最高のお茶くみができるか考えることです。これが生きるということです。

何かを学ぼうという意欲があるのに、夫が無理解で外に出られないとしたら、外に出なくても学べる方法を研究することです。もちろん、与えられた仕事に不満があったり、夫の無理解に腹がたったら、その気持は大切にして、別の仕事がいつかはできるように、又夫の理解がいつかは得られるように、しかもいつまでも根気強く努めなければなりませんが…。今の自分のまわりに不満があると言ってなげやりになったら、自分をだめにし、まわりの人にも迷惑をかけるのです。不満は不満として持っていても、今の仕事に、今の生活の充実のために、私達はもっと自分を出すべきだと思います。家庭にあっても、職場にあっても、又、地域社会にあっても、私達には、自分の能力を生かす分野がたくさん与えられているのです。何かをやろうとすれば、道は自然に開けてきます。さあ、勇気を出しましょう。

どうしたら家族の者が喜ぶ料理をつくることができるか研究するのもおもしろい。家の中やまわりを美しくするのも喜びの一つです。地域社会で活動するのもよいし、職場で活躍するのも楽しい。ボランティア活動も生きがいにつながります。

「寝たきり老人の世話」というボランティア活動についても、「私はいやだけれどもがまんをして老人の世話をした。」という気持ではホンモノとはいえないでしょう。このような気持では、一度は行動できても二度とは同じ行動ができなくなるものです。「寝たきりで動けない、どんなにつらいことだろう。」という感情が湧いて行動できたら、それはホンモノといえます。この時、ボランティアも老人も、共に生きることができるのです。老人のための行動は、ボランティア自身の生の充実につながるのです。

人間は一人では生きてゆけません。誰かにとって、自分は必要な存在だと思えばこそ、生きる勇気が湧いてきます。

今日の一日が終った、ということは、私達は自分の寿命を一日縮めたということです。一日一日余命が短くなってゆくのですから、この一日一日を是非とも充実させたいものと考えます。自分の生の充実を他人のせいにしてはいけません。自分の生の充実は、自分が切り開くものと考えられます。主体性は自分にあるのです。

禅の研究家として知られた鈴木大拙氏は、「やがて死ぬ　けしきはみえず蝉の声」という芭蕉の句を次のように解釈しています。（禅と日本文化）この句は多くの批評家注釈者によって、人生は無常であるのに、それを悟らぬ人々が種々様々の享楽に耽っていることはあたかも夏の日に蝉がいつまでも生きつづけてゆくかのように声をかぎりにやかましく鳴きたてているようなものだと解釈されているが、この解釈は間違いで、「みいーん、みいーん」と鳴く蝉の声こそが蝉が自分を表わす方法である。すなわち自分の存在を他に知らせるのであって、かくある間は、ここに完全にして、己に足り、世に足りる蝉がいるのだということである。誰もこの事実には背くことはできない。蝉だけについていえば、蝉は人間の悩みなどは知らない。寒くなればいつでも終るべき自分の生命に対して焦らない。鳴ける間は生きていて、生きている間は永久の命だ、無常を思い煩ってなんの益があろう。と解釈すべきであると。

蝉は鳴くことによって自分の存在を示しています。それを聞いて私達は夏を感じます。ローソクは燃えることによって存在を示し、まわりを明るく照します。では私達女性は、何によって、存在を示すことができるでしょうか。どうしたら「生きる」ことができるでしょうか。このことについて、現在の時点での私の考えをのべたのがこの書物です。

今まで、私は多くの人と出会い、種々の書物と対話をしてきました。過去と同じように、あるいはそれ以上に、これからも多くの人との出会いや書物との対話があるでしょう。それによって、又、考え方や人生観が変わってゆくかも知れません。私自身の人生の一里塚とするために現在の時点での自分の気持ちの整理をいたしました。

静かなる木蔭にひとり安らへば川はやさしき音立て流る

今はこのような心境にあります。

出版に際し、常に暖かいご指導を頂き、その上、序文まで賜わりました齋藤健次郎先生に心からお礼申し上げます。

また、銀の鈴社、西野真由美さんにもお心をかけていただきお世話になりました。

さらに、数々のさわやかな明るい美しい絵を飾って下さいました阿見みどりさんに重ねて御礼申しあげます。

篠山　孝子（しのやま・たかこ）
1933年生れ。茨城県出身。立正大学文学部国文科卒業。
1977年11月　文部省教員海外派遣団に加わりアメリカ合衆国を視察。
1985年９月　茨城県婦人のつばさ（第４回）海外派遣団（事務局として）カナダ・アメリカを視察。
1994年３月　茨城県水海道市（現・常総市）立五箇小学校校長として退職。茨城県下妻市在住。
著書：詩歌集「あけぼの」（椎の木書房）
「詩のすきな中学生」（NHK 中学生の広場放映）
「短歌のすきな中学生」「童話のすきな中学生」（虫ブックス中学生シリーズ・茨城県推薦図書）
「アメリカ・歌日記」「花の歌・随想」「鳥の歌・随想」
「小さい心の窓」「女性の四季」（以上、教育出版センター）
絵本「お日さまのようなお母さん」共著（日常出版・全国学校図書館協議会選定図書）
「お母さん窓あけて—いのち輝くとき—」（銀の鈴社）
「愛の毛布—いのち灯すとき—」（銀の鈴社）
「なぜ人はいい言葉でのびるのか—心に響く言葉—」（銀の鈴社・ライフデザインシリーズ）

阿見　みどり（あみ・みどり）（本名：柴崎俊子）
1937年長野県飯田生れ。神奈川県鎌倉市在住。野の花画家
画集：「阿見みどり 万葉野の花水彩画集」Ⅰ～Ⅶ（銀の鈴社）
「やさしい花のスケッチ帳」（日貿出版社）
童話（文）：「コアラのぼうやジョニー」「こねこのタケシ」「ヤギのいる学校」（ともに銀の鈴社）「なんきょくの犬ぞり」（メイト）

NDC914
篠山孝子
神奈川　銀の鈴社　2013
P128　18.8㎝　輝き続ける女性となるために

銀鈴叢書　ライフデザインシリーズ　定価＝一〇〇〇円＋税

輝き続ける女性となるために

二〇一三年四月三十日　初版発行
著　者――篠山　孝子©　絵――阿見みどり©
発　行――㈱銀の鈴社
〒二四八-〇〇〇五　神奈川県鎌倉市雪ノ下三-八-三三
電話　０４６７(６１)１９３０
FAX０４６７(６１)１９３１
E-mail　info@ginsuzu.com
http://www.ginsuzu.com
発行者――柴崎　聡・西野真由美

ISBN978-4-87786-387-6　C0095

印刷・電算印刷　製本・渋谷文泉閣

鈴叢書　ライフデザインシリーズ　について

人はこの世に生を受けたとき、二つの真実を両手にしっかりにぎりしめてうぶ声をあげます。

運命と宿命

「運命」は、かなりの要素で自分の意志で舵とりができます。

このシリーズは未来に向かう若い人や、第二・第三の人生のターニングポイントにある方々へ、自分にもっともふさわしい〝切り口〟を見つけて、思う存分没入できる充実した生き方の水先案内人になることを願って世に送ります。

百人百様の先人の「ありのまま」を大切に受けとめた、読みやすいシリーズです。